Una mamá española en Alemania

FÁTIMA CASASECA

UNA MAMÁ ESPAÑOLA EN ALEMANIA

Planeta

Diagonal, 662-664, 08034 Barcelona (España)
www.editorial.planeta.es
www.planetadelibros.com

Primera edición: abril de 2013
Segunda impresión: mayo de 2013
Depósito legal: B. 6.046-2013
ISBN 978-84-08-11254-9
Composición: Fotocomposición gama, sl
Impresión y encuadernación: Huertas Industrias Gráficas, S. A.
Printed in Spain – Impreso en España

El papel utilizado para la impresión de este libro es cien por cien libre de cloro y está calificado como **papel ecológico**

A mis padres y a mi hermana, por todo y más.
A mi marido y a mis hijos, por hacerme tan feliz

Índice

Prólogo

Alemania es un gran país. Es más pequeño que España, verdad, pero aun así *gran* en todo él. Es el motor de Europa, tiene a una mujer al frente —rubia, para más inri— y hacen las mejores lavadoras del mundo. También hacen los mejores coches y tractores y, probablemente, la mejor cerveza. Pero a mí, desde que tengo hijos, lo único que me importa es la lavadora. Varias veces al día, por cierto.

Supongo que ahora se estarán preguntando que qué *koñen* hace una española subida en el motor de Europa, con tres niños y marido teutón de pro, poniendo ella las lavadoras, ¿no? Se lo explico encantada: verán, aquí no es oro todo lo que reluce.

¿La mujer rubia y poderosa? No tiene hijos. Ni uno solo. Algo común aquí si se quieren ejercitar las neuronas con algo que no sea la consistencia de la mermelada o el acoso al homeópata; porque lo de tener niños y vida profesional o neuronal, o ayuda doméstica, no se estila por estos lares.

Sospecho que en este momento siguen atrapados en su asombro y no consiguen encontrar explicación racional a los despropósitos cromáticos de la rubia, o a su empeño por combinar traje de gala con calcetines tobilleros. Si no tiene hijos, pensarán, ¿por qué *cojonen* va así? No sigan; no le ocurre nada malo. Es, simplemente, alemana.

Cuando, allá por el 2004, aterricé yo aquí, no sabía nada de esto. Es más, ni lo sospechaba. Para colmo de bienes, mi primera parada fue Berlín, que ya saben aquello que dicen de que *Berlin, du bist so wunderbar* y no eres Alemania, ¿verdad?

Allí fue donde conocí a mi Maromen, al que, por cierto, quiero mucho, como la trucha al trucho. Nos enamoramos, me preñó y nos casamos. Y, entremedias de todo esto, yo terminé la carrera. Vivíamos felices, comíamos perdices y trasnochábamos mucho.

Aunque les parezca mentira, a mí me esperaba un incierto futuro como autora de textos profundos y espesotes. Y no se vayan a pensar que exagero, que, con una recién estrenada licencia de filósofa y teóloga por la Humboldt-Universität de Berlín, sale una del campus equipada para acabar con el insomnio de todo el planeta. Una carrera con muchísima proyección profesional, anda que no.

Pero como bien entonan las abuelas, los niños comen y la vida da muchas vueltas, y, acercándonos peligrosamente a la era rabietas de nuestro por aquel entonces primer polluelo, nos liamos la manta a la cabeza y aterrizamos con nuestros bártulos en un requetebucólico y aburridísimo pueblecito de cuento al sur de las Teutonias.

Un año y otro hijo más tarde, en el punto más gélido del invierno alemán, al borde del colapso social e intelectual después de unos meses pegada a la mopa y los fogones, me descubrí embarazada del tercero. Y fue entonces cuando encontrar una vía de escape se convirtió en una cuestión de supervivencia.

La simpatía natural de los autóctonos, junto con su sorprendente parecido a la acelga común, me dificultaron entablar relaciones terapéuticas y refrescantes. Bueno, eso y los dos pequeños complementos saltones que me acompañaban a cada paso. Las únicas opciones que me quedaron entonces fueron el psiquiátrico del pueblo contiguo o un blog. Y ya saben cuál elegí.

Desde que lo empecé, han pasado muchas cosas: un tercer (¡y juro que último!) polluelo, cuatro *au pairs*, mi incorporación al mundo de las madres redundantes, varios accidentes caseros, tropiezos culturales, genéricos y, si me apuran, hasta existenciales. Compartirlo a carcajadas se ha convertido en una necesidad vital. Y es que, puestos a elegir, ¿quién prefiere llorar a reír?

CAPÍTULO I

La receta

El día que el Predictor, todo amable y aséptico él, me informó sobre el origen de ese sueño que me tenía desvaneciéndome por las esquinas, mi corta vida pasó por delante de mis ojos.

Que mis padres hubiesen conocido al implantador de la semilla cuatro días antes —en Nochevieja y con la boca llena de uvas—, que no hubiese terminado la carrera y que viviese exactamente a 2.301 kilómetros del clan ibérico que me crió me animó a rebobinar la película varias veces, a ver si así conseguía retrasar algo la caída en la cuenta de que mi madre me iba a matar.

Se aguantó las ganas, como habrán notado ya, aunque me consta que le sobraban. Después del disgusto inaugural, que me la tuvo lagrimeando dos días enteritos, mi santa madre se acabó reintegrando para entregarse al llanto más desconsolado.

Pero no se vayan a creer que lloraba por mí, qué va, que después de la adolescencia que le regalé, su único consuelo era la inminencia de su revancha. ¿O no se dice, con razón, que los nietos son los justicieros de sus abuelos?

Mi agorera progenitora por quien se lamentaba de verdad de la buena era por aquella bola de carne rosa y divina que iba a asomar la cocorota al mundo desde mis muslos. Según ella, le iba a tocar en suerte la madre más inútil del mundo; o sea, yo.

Razón no le faltaba, desde luego. Año y pico llevaba ya

instalada en la capital teutona y seguía provocándole a diario sacudidas de cabeza y suspiros abismales. Pero es que tener una hija que te llama al borde del colapso nervioso jurando que hay una rata debajo de su cama, para acabar descubriendo que no, falsa alarma, que sólo es una pelusa un poco gorda, que «es que no he tenido tiempo de limpiar todavía», no es para menos, ¿no creen? Sobre todo si hacía ya más de un mes que la niña se había independizado.

La angustia por mi próxima maternidad traía pues a la futura abuela por el camino de la amargura. Que tú leerás a Kant, cariño, pero no sabes hacer la O con un canuto, me decía entre sollozos.

Cuando mi bombo empezó a ser evidente, mi madre decidió secarse las lágrimas, sonarse los mocos y poner remedio a mi incompetencia. La distancia hizo que el adiestramiento tuviese que efectuarse por teléfono. Una pena, pensarán ustedes, y se equivocarán de pleno; porque, aunque es verdad que la eché de menos haciendo croquis a mi vera, me ahorré una de collejas que ni se imaginan.

El primer día de instrucción, sin ir más lejos, mi santa madre decidió dedicarlo a la gastronomía saludable y empezar con un sencillo puré. De esos verdes de toda la vida.

—Facilísimo —me dijo—, esto lo puede hacer hasta un mono con los ojos vendados.

A pesar de la inmerecida comparación me animé, apunté la receta y prometí volver a llamarla en cuanto terminara. Enseguida reuní los ingredientes; los lavé, pelé, corté y zambullí en el puchero. Incluso juraría que me puse un delantal y tarareé alegremente.

Unas dos horas más tarde marqué enfurecida el número de mi instructora.

—¡Mamá, me has dado mal la receta! —le espeté en la oreja con toda la indignación que pude amontonar.

—¡¿Yo?! —me contestó ella sorprendida—. ¡Pero si te la he leído del Simone Ortega, niña!

—Que no, mamá, que está mal, que te habrás saltado algo...

Dudosa y desconcertada, volvió a sacar el librito de marras y, punto por punto, me repitió las directrices de la receta. Y no, no se había saltado nada.

—Pues no lo entiendo, mamá, pero aquí algo ha salido mal.

—¿El qué, mi vida? ¿Qué va a haber salido mal? —me preguntó exasperada.

—Pues no lo sé, mamá, pero desde luego que no me ha salido el puré; he estado más de una hora cociendo las verduras y, cuando he abierto la tapa... ¡seguían en trozos!

Ésta fue la primera gran colleja merecida —de muchas— que me ahorré.

CAPÍTULO 2
Viajar con niños

Viajar sola con niños en avión pone a prueba el amor maternal de cualquiera y constituye un serio peligro para la preservación de la especie, pues amenaza con aniquilar a sangre fría los instintos reproductivos del resto de viajeros y personal del aire.

Si les soy sincera, no es una tortura a la que me someta por gusto; pero cuando una vive a casi dos mil kilómetros de la madre que la parió, el padre que la fecundó y los compañeros varios de correrías juveniles, la capacidad de sacrificio —propio y ajeno— aumenta que no vean.

En mis tiempos de primeriza, aquellos en los que cualquier desplazamiento —incluyendo aquéllos al supermercado— se tornaba en un desafío, ostenté con orgullo y desparpajo el título de cateta aeroportuaria común.

No me aplaudan que no tiene ningún mérito: palurdas del aire hemos sido todas en algún momento de nuestras vidas posparto; y a mucha honra, además. Nos ha podido el miedo a no llevar suficientes mudas de ropa, suficientes pañales, suficientes potitos y suficientes juguetes y, consecuencias de haber interiorizado la previsión como valor duplicante de nuestra condición genérica, decidimos que lo más fácil era mudarnos al avión. ¿A que sí?

Pasar el equipamiento vital al completo de una y de su descendencia por el control de seguridad en menos de cuarenta minutos requiere de práctica y paciencia infinita; pero, sobre todo, depende del lugar que ocupe All Bran en la dieta del inspector que nos toque en suerte. Mientras que unos te dejan pasar sin curiosear en tus zapatos, otros le hacen la prueba del explosivo hasta al chupete y te confiscan las horquillas por su potencial capacidad intimidatoria en caso de que te dé por secuestrar el aeroplano. Y créanme si les digo que no existe cochecito en el mercado que *de verdad* pueda plegarse sin la intervención de ambas manos.

A pesar de todo, reconozco que no supe dejar de considerar coger un avión como si se tratase de una evacuación nuclear y que continué llevándome la casa a cuestas en cada viaje durante varios años. Exactamente tres, que fueron los que tardé en dejar de ser histérica primeriza y convertirme en chalada madre de dos.

Resulta que a la evolución, que debía de estar ocupadísima aumentando la resistencia del vello femenino tras cada rasurado, se le debió de pasar la necesidad de añadirnos un par de brazos más —y ojos y, ya que estamos, horas de sueño— a las multíparas. Así que aquí la presente, después de comprobar la inviabilidad física de transportar dos niños y sus respectivos ajuares al completo, decidió arreglárselas con su anatomía de serie y una sola bolsa.

Les aseguro que fue una época bastante dura. Que después de días y días aplicando cuidadosamente criterios de preferencia infantil para la selección de *hits* literarios, potitos gourmet, repuestos textiles y camaradas de trapo, vayas a empaquetar justo —justo— aquellos que van a dejar de molar a miles de pies de altura en habitáculo ceñidito, ya es mala suerte. O que Herodes te ha puesto dos velas negras.

Me costó unas cuantas primaveras y otro niño más reconocerle su infructuosidad a la bolsa. Digo yo que ¿para qué llevarse ningún juguete de casa si en las tiendas del aeropuerto tienen un mogollón de ellos a precio de oro y con una duración máxima de treinta minutos? ¿Y por qué me iba a pasar yo media mañana pelando fruta si el avión está lleno de uniformadas traficantes de glucosa?

Y así un día decidí desplazarme a pelo: un chupete y dos pañales para el pequeño. Y ya está.

La cosa iba bien, incluso muy bien, hasta que el oportunismo vejigo-intestinal del mediano se sintió menospreciado y quiso darle una lección a su ingenua madre. Que «Mamá, pis» era a toro pasado lo comprendí en cuanto conseguimos enlatarnos los cuatro en uno de esos aseos tan holgados y confortables —para Hobbits— que se encuentran en los aeroplanos.

Les aviso que secar unos pantalones en el aire acondicionado del avión —y no morir congelados— sujetando a tres infantes engominolados hasta las cejas es imposible; pero presentarme en morada abuelil con un niño medio desnudo en invierno era demasiado arriesgado. Al final recurrí a la menos peor de las soluciones y negocié con el Mayor el préstamo temporal de sus leotardos.

Digo que fue la menos peor porque la cara de haiku de mi madre al preguntarme por qué su nieto llevaba *leggings* no la olvidaré nunca. De hecho, su recuerdo es el que me espanta la idea cada vez que me siento tentada de volver a volar sin precaución.

CAPÍTULO 3

Con faldas y a lo loco

Que se te expatrie una hija es duro, sobre todo si es de esas con las que te empiezas a llevar bien en cuanto salen por la puerta. Si además resulta que se deja seducir por un autóctono del lejano país y juntos se dedican a traer al mundo miniaturas adorables, la cosa se recrudece bastante.

Le pueden preguntar a mi madre, que estará encantada de desahogarse con ustedes un rato y les proporcionará un inventario completo de los contras y recontras que tiene el abuelismo a distancia.

Lo que, sin embargo, mi madre nunca les confesará son las dimensiones patológicas que pueden adquirir las ansias de custodia ibérica desde la lejanía. Desde que salí del paritorio está obsesionada por mi —según ella— desespañolizamiento galopante.

Yo imagino que está condicionada por un comprensible temor al enfriamiento del vínculo y la pena por no poder disfrutar de su linaje en cómodas minidosis, tales como la comida del domingo, una tarde en el parque o unas tortitas en el Vips. Y lo entiendo, no crean, que no por ser yo la que puso pies en polvorosa padezco menos la carencia consanguínea.

Lo que ocurre es que, en estos casos, la distancia implica justo lo contrario que perspectiva y la desproporción se hace ley. Basta que una semana no se sirvan lentejas en mi casa para que mi madre me acuse de apostatar de la dieta mediterránea; o que no sepa que la Esteban se ha operado la nariz para que se me impute sin dilación repudio por el folclore patrio; o que mis camas no se hagan con embozo para culparme de negligencia doméstica.

Un engorro considerable, si tenemos en cuenta que el padre de mis criaturas no diferencia la paella del *risotto* y sigue sin entender por qué no se puede calentar el gazpacho.

Reconozco que al principio sucumbía sumisa a la ofuscación de mi madre y, con maquiavelismo heredado, le explicaba a mi consorte germano la imperiosa necesidad de priorizar usanzas sureñas en nuestras rutinas. Él se mostró de acuerdo y aceptó dejarse colonizar en casa. Y todo hubiese ido como la seda, yo hubiese seguido muy manchega y nos habríamos ahorrado una infinidad de batallas dialécticas si mi progenitora no se hubiese desorbitado.

Porque vale que en este país el daltonismo crónico es un problema muy extendido y que los bebés suelen llevar una media de siete u ocho colores encima, combinando con ingenuidad enemigos acérrimos tales como el morado y el naranja o el naranja con cualquier otro. Pero una cosa es defender la armonía cromática de tus nietos y otra muy distinta promulgar el estilo borbónico.

Mi madre, así, porque ella lo vale, erigió el faldón como el atributo distintivo del bebé español. Ella, una mujer moderna que habitualmente reparte *leggings* entre sus sobrinas, se dedicó a expedir faldones a Alemania como si no hubiese un mañana.

Y en ésas andaba yo cavilando el porqué de tanto blanco y tanta puntilla, si apenas se atisban ya en España bebés almidonados, cuando mi Maromen quedó petrificado de espanto ante aquel festival de lazos. Ante mi aclaración del faldón como prenda tradicional de rorros ibéricos desde tiempos inmemoriales, y tras jurarle que mi madre no se había confundido y que sabía que lo nuestro iba a ser niño, reaccionó escéptico.

«No me lo creo», repetía sin cesar. «Esa ropa es de niña», insistía. Y yo, que creí estar argumentando con convicción sobre la histórica masculinidad del azul celeste, comprendí su desasosiego cuando me exigió, exasperado, una prueba gráfica de que Bardem había llevado también uno de ésos.

CAPÍTULO 4

No sabes alemán si...

Pensarán ustedes que, habiendo estudiado algo de letras, el teutón hablado y escrito se me da muy bien. Tienen ustedes toda la razón: en alemán soy una pedante de cuidado.

Yo intento ocultarlo, no se crean, que con lo que me gusta a mí pegar la hebra sólo me faltaba ir por la vida como la versión femenina de Juan Manuel de Prada y quedarme sin amigos; pero es que pasarse todo el día rodeada de latinismos germanizados, frases interminables y reflexiones trascendentales e inútiles es lo que tiene. Que como no es hermosura, pues se pega.

El problema es cuando alguien vive en una lengua que no ha aprendido de su santa madre y los *inputs* se restringen a sus necesidades primarias. Su desenvoltura léxica crecerá siempre en proporción al número de situaciones que haya vivido para contar, pero su abanico conceptual se limitará al tipo de las mismas.

Les hago un croquis: aunque usted lleve sólo seis meses por las Teutonias, si resulta que se ha enamorado de un autóctono, es seguro que manejará con soltura expresiones como «¿en tu casa o en la mía?», «jijiji jajaja» o «cabronazo». Por esta misma regla, también puede ocurrir que usted lleve cinco años por aquí, esté licenciado en Filosofía y le tenga que preguntar a su mico de tres cómo se dice «sacapuntas», porque se ha sacado la carrera con los Pilots de toda la vida.

¿Entienden lo que les digo?

Bien, entonces comprenderán que, por muchas humanidades y a pesar de encontrarme en amorío estable con teutón, cuando se nos acopló el primero de nuestros polluelos, conceptos como «cólico del lactante», «prueba del talón» o «meconio» no formaban parte de mi colchón idiomático. No la formaban de mi español, pues figúrense de mi alemán.

Yo me apliqué, no se crean, que, como buena estudiosa de la lengua y solitaria hostigadora del pediatra, ir cargando con el diccionario a todas partes era para mí novatismo de manual. Inconcebible.

Así que ufana me fui un día, bien comida, bien bebida y bien estudiada a mi primera cita con el pediatra, segurísima de la buena impresión que causaría como madre preocupada y preguntona.

Todo estaba saliendo rodado, de verdad de la buena; incluso juraría que estaba impresionando a la enfermera con un dominio más que aceptable del glosario pediátrico alemán. Tendrían que haberme visto: un aplomo, una soltura, un desparpajo dignos de una *Mutter* de pro.

Y me pudo la vanidad, claro; y me emocioné un poquito y le pregunté hasta por el número de flatulencias que recomienda la OMS, no fuese a ser que el niño eructase poco. Y en esto que me acordé de mi incultura varonil —que yo sólo tengo hermana— y se me ocurrió comentarle que «no sé si será normal, pero el niño tiene un poco roja la... la... eeee... la...».

La enfermera esperaba.

Y yo mientras rebuscaba en mi sesera cómo se decía «la... la... ¿pollita?».

El ojiplatismo de la buena mujer me confirmó que mis intentos por inocentar la palabrita de marras no habían sido suficientes. Y que aunque conceptos como «colita» no se consideren erudición médica ni se prodiguen en conversaciones adultas, bien merecen un lugar en el manual de la madre expatriada. Subrayados.

CAPÍTULO 5

Biocuñadas

En las metrópolis alemanas prolifera un tipo de teutona del que les conviene alejarse. Si ven a una, corran y no miren atrás.

Los propios germanos las denominan *Biotantes*, y a ustedes les será fácil reconocerlas por —entre otras cosas— su devoción al naranja, el gorro de fieltro con patrones psicodélicos, los zapatos de punta cuadrada, los sobacos tupidos y la profusión de títulos universitarios. Si además tienen hijos, les bastará con el olor de los mismos.

En caso de no haber podido identificar al espécimen a tiempo, y si por accidente se encuentran ustedes de cháchara con una, no discutan. Se lo digo de corazón, no pierdan el tiempo y cuiden sus nervios.

Sé que les costará controlarse cuando les recomiende troleopatía para dolencias infantiles varias. Si acaso menta los glóbulis de planta carnívora para las flemas, por eso de que si el vegetal en cuestión puede con la carne, las flemas son pan comido, no intenten explicarle que, por esa regla de tres, también disolverían al niño.

Me consta que tendrán que morderse bien la lengua cuando les comente orgullosa a ustedes que su niño índigo, a pesar de tener una otitis de caballo y fiebre desde antes de ayer, no ha ido al pediatra todavía. Porque no quiere enriquecer a las malignas farmacéuticas comprándoles antibióticos. En cambio, sí que le ha llevado a su homeópata que, por cierto, es buenísimo y entiende la psique de su hijo perfectamente, dejando que sea su natural instinto el que decida la mejor cura para sus males. No se metan, se lo ruego, no le reprochen que aparte al rorro del enchufe argumentándole que igual, quizás, podría ser que el niño, por sabiduría cósmica innata, se haya dado cuenta de que necesita electroshocks.

Entiendo que les supondrá un gran esfuerzo aguantarse la risa cuando se enteren de que su hijo no come nada verde porque quiere estimular su rechazo nato al veneno. Si no pueden ustedes contenerse, que por lo menos no se les note el choteo al preguntarle cuánto tiempo invierte tiñendo el matarratas. O el brócoli.

No digan luego que no les avisé a tiempo, señores.

Cómo se las arreglen ustedes para escabullirse de estos ejemplares, eso sí, es cosa suya. Normalmente, basta con no apuntarse a yoga o a cursos de cocina ayurveda y no entablar conversaciones en el *Bioladen*. Aunque la cosa se complica cuando tienen ustedes a bien procrear, que ya se sabe que los niños son como los Donettes, es sacarlos y salirte asesores por todas partes.

Después de cuatro años en Berlín, dos de ellos frecuentando parques con adjunto infantil, me acabé convirtiendo en una esquivista experimentada. Perfeccioné mi mirada asesina, desarrollé una impresionante sordera selectiva y me percaté del efecto disuasorio de los juguetes de plástico venenoso frente al atractivo de los de saludable madera.

Y así, poco a poco, la cantidad de *Biotantes* prosélitas que se me acercaban se redujo un porrón a lo largo de los años. Mi vida exenta de ecolerdismo está a la vuelta de la esquina, regocijábame yo ufana.

Ilusa.

No conocía todavía la otra plaga, esa que sufrimos muchas ibéricas enamoradas por estos lares. Es lo que tiene el amor, señores, que nos ciega mucho y se nos suele pasar eso de que los *maromen* no nacen por generación espontánea; que tienen padres, tíos, en ocasiones abuelos, primos... y, si nos ha mirado un tuerto, hermanas mayores.

No les costará pues imaginar mi jeta cuando me percaté de que un ente vegano, ayurvedo y sermoneante, *calcaíta* a esas otras madres que rehuía yo en el parque, ha venido a instalarse a mi derecha en las cenas navideñas. Ni lo que ha mejorado mi sordera selectiva, por cierto.

CAPÍTULO 6
Tsunami

A cuatro semanas de mi tercer parto, se nos hizo cristalino que se acercaba un tsunami.

A mi casa, aclaro, no se vaya a asustar nadie.

Me hubiese gustado poder satisfacer la machacante curiosidad familiar y haberle llamado ya por su nombre, algo así como «se acerca el *Katrina*», pero como a esas alturas no teníamos apelativo seleccionado —ni pensado— todavía, con algo menos comprometido iba el niño que chutaba.

Por supuesto, a cuatro semanas de la gran expulsión todavía no había preparado nada. Pero nada de nada.

Ni la cuna, ni la ropa, ni el cochecito, ni la maleta para el hospital... Ni el nombre, vamos.

Un desastre, lo sé.

Pero no crean que era sólo por falta de tiempo —que también, porque con un bombo prominente y dos churumbeles saltones mis movimientos parecían ralentizados—, sino más bien por canguelo y desgana.

Y es que de todos es sabido que un rorro te embarulla la vida y que las primeras semanas —que se van juntando, las malvadas, para convertirse en meses— son, además, poco más que surrealistas y van pasando así como en una nebulosa: que si la cuarentena, el pecho a todas horas, la tripa fláccida, las noches sin dormir y los días durmiendo a ratos, la casa apocilgada, la comida congelada, las oportunas visitas... Y ahí lo dejo, que bastante baja tenemos la natalidad ya.

Para compensar esta retahíla de desalientos maternales, les confesaré que el primer bebé es un chollo y que las primerizas se quejan por gusto. Y aquí me incluyo a mí misma hace dos partos, conste.

Porque no me negarán que poder deambular en pijama de felpa y sin peinar —ni duchar— hasta altas horas de la tarde, a conjunto con un bebé gritón, no es una gozada, ¿verdad? Ni que dormitar a intervalos mañaneros o alimentarse a base de pizza congelada dos semanas seguidas es un gran sacrificio, ¿a que no? Ni que aprovechar para hojear el *Cuore* derribada en la cama con un chupóptero succionándote las calorías mientras delegas la reposición de pañales en el padre de la criaturita no equivale a un *spa* casero, ¿no?

Les aviso que esa oportunidad para explorar nuestra esencia de zombi desaliñado sólo se nos presenta una vez en la vida. Disfrútenla, que luego llega el segundo bebé.

La prole a su alrededor —que siempre sabe más que usted sobre su vida, admítalo— les dirá que con el segundo una ya está pasada de todo, que irá mucho más segura, que las cosas serán más fáciles. Blablablá.

Mentira cochina.

Les recuerdo que el pijama no es un *outfit* adecuado para acercar al primogénito al colegio; ni para recogerlo tampoco. Que no podrá desfallecer en el sofá a cualquier hora del día, porque el que no mama, ya anda y llega a los mandos de la vitrocerámica. Que la OMS recomienda que los niños, a partir del año, coman algo más que pizza a diario. Que mientras le succionan la vida, la única lectura permitida será *Caperucita*; y con entonaciones, claro. Y que sólo podrá delegar en su marido durante treinta segundos, como mucho, para ir al baño; a miccionar en paz o a gritar, eso depende de usted.

Como ven, eso de que la experiencia te serena no es verdad. Ni de *koñen*, vamos. Lo que ocurre es, simplemente, que no tendrá usted tiempo para advertir cada contracción facial de su flamante bebé y se creerá la milonga esa de que los segundos son menos demandantes. Sentirse como un zombi desaliñado y no poder ejercer como tal es lo que tiene, que desorienta a cualquiera.

Entenderán pues mi tembleque a la vista del tercero; y ya se habrán imaginado que ese temor es, en gran parte, el culpable de mi falta de preparación —y de nombre— a pocos días (¡días!) de su afloración entre mis ancas. Lo que yo tengo es negación patológica del caos que amenaza con aumentar en mi ya de por sí empantanada existencia.

Por suerte, el Tsunami apuntaba maneras de chico independiente y se encargó él solito de recordarme que tenía que ponerme las pilas. A patadas, eso sí.

CAPÍTULO 7

Mierdapueblo

Como podrán imaginar, el haber elegido profesiones con tantísima proyección, como pueden ser filósofa yo y fotógrafo él, tiene muchas ventajas cuando aumenta la familia. Por citar un par así al azar, les diré que de nuestros rorros circulan instantáneas ideales y que nunca nos ha hecho falta echar mano de Estivill a la hora de acostarlos. Con leerles tres líneas de mi tesina narcolapsan de inmediato.

El problema de los niños es que comen, tienen frío y un futuro por delante; y, como además resulta que huelen muy bien —por lo menos al principio— y se les quiere un porrón, los padres solemos preocuparnos por cubrir sus necesidades. Que el amor no se come, vaya.

En esa tesitura nos encontrábamos mi Maromen, nuestro primogénito y yo en un Berlín ultra *cool*, alternativo y con una tasa de paro comparable a la de las Hispanias, cuando un padre entrando en el sexto decenio y una empresa que legar nos parecieron una pertinencia digna de tertulia matrimonial.

El único inconveniente, me dijo entonces mi *consorten*, es que está en un pueblo. Bueno, pueblecito. Bueno, en realidad es una aldeíta. Bueno, ¿tú no me dijiste que me seguirías hasta el fin del mundo?

Y digo yo que estaría ovulando o hablando por teléfono,

porque si no no me explico cómo pude decir «sí, *kariñen*, lo que tú digas, al fin del mundo» tan a la ligera.

Y debió de pasarme lo que le pasaría a cualquiera. Porque por pueblo supóngome yo que ustedes se imaginarán una aglomeración caótica de curvas adoquinadas y casas contiguas en equilibrio, salpicadas aquí y allá por señoras en bata sobre silla de plástico, ¿no? Y que al llegar ustedes con niño en edad achuchable, éstas se acercarían a retorcerle los mofletes y gritarle lo guapo que es y lo hermoso que está, ¿verdad? Y que, acto seguido, interrogarían a la madre sobre su nombre, edad, último domicilio conocido y la razón de su flacura; siendo lo más probable que al día siguiente se personasen en su casa con bol gigante de natillas por delante y aprovechasen para decirle que unos tapetitos de ganchillo quedarían *la mar de apañaos* en su sofá. Y que si tiene un descafeinado.

Pues siento defraudarles, pero se imaginan mal. Un pueblo extremeño en nada se asemeja a uno alemán.

Aquí en las Teutonias es todo verdor, orden y concierto. Enanitos estratégicamente dispuestos en jardines de ensueño, espléndidos geranios y lechosos campanarios. Correos, supermercado y panadería. Autobuses regulares y nonagenarias en bicicleta. Orondos terneros y vacas lecheras.

Pero también son calles desiertas y persianas bajadas desde las cuatro de la tarde. Vecinos que no saludan, pero que saben si tú eres de episiotomía o desgarro y que la semana pasada se te coló un envase en el contenedor de papel. Herméticos clubs de repostería, *nordic walking* y música tradicional. Dialectos infernales y reticencia ante el extranjero.

Mucho verdor, sí, pero no sólo en bosques y prados, que aquí en Mantequillalandia la acelga es, sobre todo, un estado de ánimo; y su temporada, todo el año.

¿Sorprendidos? ¿Acaso no sabían que a la dicharachera Heidi la inventaron los japoneses?

Les advierto, además, que yo soy muy simple y que me da igual vivir en Madrid que en la China; pero necesito vida a mi alrededor. Vida inteligente, adulta, y social se entiende, no rorros llorones y el repartidor de UPS, por *Gott*. No les costará pues imaginar que el primer invierno en el pueblo por poco implosiono y que me llegué a divorciar unas siete veces. Al día.

Hoy, casi cinco años después, la cosa ha mejorado mucho; y mi tolerancia a la cerveza ni les cuento. Fíjense que hasta he dejado de referirme a mi nuevo hogar como *pueblo de mierrrda*. Ahora sólo lo llamo *mierdapueblo*; pero sin acritud, eso sí.

CAPÍTULO 8

Consultorio troleopático

Aquí en el motor de Europa, paraíso de ingenieros y profesionales de la tecnología, cuna de la filosofía más racionalista, país de correctismos y formalidades por antonomasia, lo que se estila, señores, es la medicina alternativa.

Más concretamente, la homeopatía. Como lo leen.

Por estos lares, tener un homeópata en la familia está más valorado que ser hijo de neurocirujano. Y con razón, no crean, que después de saber que los seguros no cubren los cincuenta *leuros* mínimos por consulta que cuesta un homeópata, sale más a cuenta tener el chamán a mano que un médico de los de toda la vida.

Pero yo les voy a confesar algo; y es que, muy a mi pesar, le di una oportunidad a la troleopatía. Fugaz y fallida, sí, pero oportunidad al fin y al cabo.

Consciente del exceso de banalidad medicamentosa que se estila por las Españas, y habiendo ya eliminado el Gelocatil diario de mi dieta importada, me encontraba yo en estado de admiración profunda hacia la austeridad terapéutica teutona cuando mi Maromen decidió introducirme en el fascinante mundo de la homeopatía.

Fue así como quien no quiere la cosa, se lo juro, un cúmulo de casualidades propiciado, sobre todo, por mi primerismo maternal, un bebé catarroso y la tía homeópata que justo ese día pasaba por ahí. Porque, por si no lo sabían, la tía de mi marido es homeópata.

Considerada por mis *polítiquen* como una autoridad en materia de salud y bienestar, a ella acuden raudos y veloces para aliviar sus males, ya sea un dolor de mollera, un bulto en el pecho o un grano en el pandero. Digo yo que en las escuelas de homeopatía alemanas deben de ser todos muy listos, porque esa versatilidad médica que despliegan sus egresados sin haber pisado una universidad ya la quisiera para sí el doctor House.

Y ya que estaba ahí la buena mujer, Maromen insistía, el niño carraspeaba, Maromen insistía, llovía, Maromen insistía, el niño volvía a carraspear y el Maromen insistía más, abrí mi mente y me dejé engatusar.

Reconozco que empezó con buen pie y que tenía todas las de ganar. De un maletín muy cuco y profesional, la mujer extrajo unos veinte botecitos idénticos, correctamente etiquetados y rebosantes todos de diminutas bolitas blancas. Todo muy técnico, muy serio y con denominaciones muy imponentes, tales como Aconitum, Tartarus Emeticus y Rumex Crispus. ¿A que impresiona? Pues imagínense mi frontal boquiabierto y mi creciente determinación a unirme a tan aparentemente científica y alternativa causa.

Cuando, para más inri, la amable parienta permitió al tosiente maraquear a voluntad con sus preciados tarritos, me dispuse a entregarle mi corazón y mi credulidad sin dilación. Ya mismo y para siempre.

Mas de pronto y con diligencia, la tía homeópata empezó a guardar los frasquitos que, para tristeza del rorro achacoso, fueron desapareciendo uno a uno en el interior de su valija. Sólo dejó dos, a los que el niño se aferraba con angustia y mucho brío, y la precisa indicación de suministrarle al doliente dos bolitas de cada uno cada cuatro horas.

Mi cara de estupefacción entonces debió de confundir al personal que, a mi pregunta sobre ¿y la consulta?, decidió deslumbrarme con su método diagnosticante basado en la falta de prejuicios sociales de los infantes y su —por ende— propicia intuición para discernir el fármaco que necesitan ellos solitos.

Ya.

Porque no tenía ninguno a mano y carecía de receta, pero les juro que me dieron ganas de escaparme a una farmacia y ofrecerle al mico un colorado y reluciente Lexatin, para que viese la chamana lo que hacía la infantil intuición con sus anodinas bolitas.

Huelga decir que no se las di, y que las que ocupan parte de mi botiquín son para uso exclusivo del Maromen. Bueno, yo las usé una vez; pero es que no quedaba azúcar en casa y no hay cosa que más me irrite que el café amargo por las mañanas.

CAPÍTULO 9
Apariencias

Les voy a confesar una cosa.

Prepárense, porque lo que les voy a revelar es lo más contraintuitivo que van a escuchar de una mujer en su vida de ustedes.

El día que cumplí treinta primaveras fue el más feliz de mi vida.

Ya está, ya lo he dicho.

No vayan a pensar que se me ha descontrolado la demencia y que lo digo para fastidiar.

Lo que pasa es que, en esta criticadísima cultura del aplace en que vivimos, la maternidad antes de los treinta está muy idealizada. Demasiado incluso, para mi gusto.

A ver, no se me entienda mal. Me consta que, estrenando la veintena, disponemos de un útero terso y miles de óvulos esponjosos; que derrochamos energía y nocturnidad con ilusión —si no me creen, échenle el ojo a una fiesta universitaria o recuerden las suyas, háganme el favor—; que carecemos de absurdas manías, como llevar los calcetines conjuntados o la marca de la ginebra; que seguimos creyendo en la filantropía de nuestros congéneres y conservamos la fe en las manifestaciones pacíficas.

Lo sé, ¡aquellos maravillosos años!

En temas reproductivos y a toro pasado nos suele invadir la misma melancolía, ojo.

Y lo digo con conocimiento de causa, no crean; que ahora que llevo permanentemente adosados tres entes testiculares con dientes de leche a todas partes, mis cultivos sociales dependen de ellos.

Quiero decir que, en esta tesitura vital, ya no importa qué música le guste a una, si acaso lleva calaveras tatuadas, si es de izquierdas o de derechas, o más de Clooney que de Pitt; porque en cuanto se tienen hijos, una se convierte ipso facto en la madre-de. Y su afinidad amistosa se somete a estrictos criterios de real o potencial interacción pacífica entre sus polluelos y los de las demás.

Tal cual.

Así que, como en este primer mundo que habitamos la edad media reproductiva se sitúa rebasados ya los treinta, mis camaradas de rutina y desahogos al calor de un café me sacan siempre unos añitos.

Pero —y aquí reside la tragedia— ellas ni se lo imaginan.

El día que sale el tema y se enteran de mi edad, acabo siempre la jornada lloriqueando desconsolada y con un litro de helado en el estómago. Y no porque me destierren del grupúsculo por haberme estrenado en el paritorio con veinticuatro, o por haber soltado al tercer —y último— una semana después de cumplir los veintinueve, no, para nada. Al contrario, ellas siempre son todo qué-suerte, qué-guay y ya-me-hubiese-gustado-a-mí; después, eso sí, de habérselo tenido que demostrar con el DNI.

Porque internamente estaremos más frescas, no digo yo que no, pero externamente estamos todas igual. Las estrías, señores, no entienden de primaveras; y las ojeras perennes por trasnochamiento tampoco. Sepan que las patas de gallo se adelantan si nos pasamos el día gesticulando aviones con la cuchara o sobreactuando a Caperucita; y que esos restos babeados y semideglutidos del plato de gatitos que acaban en nuestro buche porque nos da pena tirar comida se van derechitos a la tripa, por mucho que tengamos más edad de TRF que de Zara.

Como ven, razones no me faltan para celebrar mi treintena y es que ahora, por fin, tengo la edad que aparento.

CAPÍTULO 10

Falsos amigos

Imagino que por costumbre, cuando se habla de falsos amigos, la gente tiende a acordarse de la arpía de la oficina —y de toda su familia— o a rememorar sus clases de inglés.

Pero lo bueno de la semántica es que sus falsos amigos no son tan perniciosos como los de la vida real. Al fin y al cabo, ¿qué mal puede ocasionarle a nadie la similitud fonética de una exótica palabrita con sus vocablos maternos? ¿O ha dejado de hablarle alguien por pensar que *exit* significa «éxito»?

Otra cosa es cuando la falsedad del camarada es subliminal y, así en crudo, no produce ni jolgorio ni sabiduría intercultural, sino más bien perplejidad y repudio personal. Entenderán pues que el desenmascaramiento de estos amigotes es fundamental para la exitosa integración del migrante y la integridad física de su galán autóctono, ¿no?

Así que, como yo soy tan simpática y me consta que muchos compatriotas se están viniendo *pa* Alemania, voy a destaparles una nociva pareja de enemigos encubiertos de esos que les acecharán nada más pisar tierras germanas.

Se trata, nada más y nada menos, que de la diferencia entre «bañar» y «fregar»; que a ustedes les parecerá una frivolidad, no digo que no, pero eso mismo es lo que multiplica su peligrosidad.

Por estos lares, a bañar se le dice *baden*, y significa lo mismo que en la lengua quijotera. Lo que ocurre es que aquí bañar, lo que se dice bañar de sumergir en agua y friccionar, no se baña nadie. Y mucho menos si es menor de edad.

La hora de *spa* que disfrutan religiosamente todos los rorros ibéricos a eso de las ocho de la tarde, aquí se considera atentado contra la fauna bacterial y el aroma particular de cada uno. En cualquier caso, cada par de semanas se hace una excepción y se asean en la tina los gérmenes adoptados en parques y guarderías; pero el resto de los días, con celeridad y eficacia germana, lo que se hace es refregar a los niños en seco. Con Spontex también, sí, lo que ocurre es que aquí disimulan llamándolas *Waschlappen* y son de felpa.

Al que, empero, sí bañan a diario es al ajuar de cocina. Platos, cubiertos, ollas y sartenes son sumergidos juntitos en la pila, donde chapotean ufanos hasta que se desprenden de remanentes alimenticios. Como podrán deducir ustedes con sencillez, pasados unos minutos la cristalinidad del agua sucumbe y comienzan a brotar desordenados tropezones sin identificar e islotes espumosos. Les aseguro que extraer la loza de ese chapapote lo suficientemente rápido como para evitar adhesiones flotantes requiere de un avanzado estado de manía patológica al enjuague y de mucha maestría. Y esta última no la tienen todos. ¿O por qué si no iba a espumear en Alemania el agua de los espaguetis?

Confieso que la primera vez que observé a un teutón en proceso de aseo cacharril lo taché de gorrino, sin piedad. Y, por supuesto, no me casé con él. Tuvieron que pasar unos meses de aclimatación instructiva y desenvolvimiento social para poder comprender que lo que le pasaba es que era alemán; y que si me enamoraba de otro, no me importaría su dinero, sino sólo su lavavajillas.

Y así acabé, claro, en el *culen* del mundo pero con un Miele en la cocina. Y bañando yo sola a los tres niños todos los días.

CAPÍTULO II
¡Sorpresa!

Admito sin rubor alguno que, en muchas ocasiones, peco de pasota y priorizo la comodidad antes que la estética en la vestimenta de mis niños. Vale, siempre; pueden llamarme neobohemia si quieren.

Ya que estamos, admitiré también que, muchas más veces, de lo que adolezco es de blandenguería, y confieso aquí y ahora haberles dejado salir de casa con los pantalones o el jersey del revés en varias ocasiones. Pero es que, cuando los pequeños resplandecen de orgullo por haber conseguido ponerse la camiseta o al mayor le crece una aureola y me lo encuentro autopreparado para salir de casa, qué quieren que les diga, me desarman y dejan de irritarme costuras y etiquetas.

No obstante, y a pesar de que les he hablado de comodidad y blandura, les advierto que mantener esta pose de madre *cool* despreocupada requiere tesón, convicción y mucha sangre fría. Sobre todo si tienen hijos tan amorosos como los míos y de pascuas a ramos intentan facilitarle la existencia.

El día que mi hijo mayor se me tiró eufórico en plancha a las seis de la mañana porque «¡Mamiiiiiiiiiii! ¡Tengo una sorpresa!», no podía ni imaginar la que habían montado.

Que querían estar guapos para la reunión de padres de la guardería, me dice. Y yo, que todavía tenía la legaña pegada, no alcanzaba a entender de qué narices me estaba hablando, si todavía estaba en pijama.

«Como siempre dices que tenemos unoooos peloooos —dijo emulando entonación y agitación de mano materna— pero nunca tienes tiempo de llevarnos a la peluquería, pues... ¡nos los hemos cortado nosotros!»

Creo recordar que en ese momento bramé en un arameo correctísimo y me arrojé de la cama en busca del otro implicado. Al fin y al cabo, el mayor seguía ahí vivito y coleando, el pequeño dormía plácidamente a mi lado, pero del mediano no había ni rastro. Me lo encontré allí mismo, sentado en el suelo del baño, mordiendo una crema y sin flequillo. Y con una minicresta en la coronilla. Y el váter lleno de pelos. Y el baño recogido (que fue lo que me ablandó, manipuladores). Y me mira, se ríe y me dice «ba-po» mientras se acaricia orgulloso el plumero. Y yo me concentro en no hiperventilar mientras me digo que no ha sido para tanto, si casi no se ve. Con un poco de colonia ni se nota. Y acto seguido me doy la vuelta, porque el Mayor llega saltando por detrás y todavía no me he fijado en su corte. Y, ay Dios, eso no se arregla ni con colonia. Ni en la peluquería. Eso hay que raparlo al uno como poco, o afeitarlo. Mi madre le mata. Qué digo, me mata a mí. Las calvas —muchas y muy muy obvias— se extienden por encima del flequillo, que sigue ileso. Parece un *bakala*. ¿Y si le peino el flequillo para atrás con gomina? Mi madre me mata. Necesito un café.

Por si fuera poco, resulta que además el niño manostijeras no se calla ni debajo del agua y que tuvo a bien vanagloriarse ante todo el que quiso escucharle de su hazaña peluquera para regocijo de su «mamá, que estaba durmiendo» (la mona, pensarían algunos).

Supongo que ahora entienden por qué ser madre bohemia no es moco de pavo. Y es que transmitir infinita gratitud por las intenciones y, al mismo tiempo, infiltrar en el mensaje una vigorosa advertencia sobre los efectos devastadores de las tijeras en cromos, peluches y otros enseres apreciados como se las vuelvan a acercar a la cabeza, exige destreza dialéctica y dotes de manipulación extraordinarias. ¿No creen?

Si no las tienen, no se preocupen, siempre les quedará ocultar todas las tijeras de la casa y desterrar las melenas de cualquier conversación. A mí, de momento, me funciona.

CAPÍTULO 12

Diecisiete escalones

Lo sé, lo sé, la familia política siempre es primero política y ya si eso quizás familia.

Inocente que es una, pensé que terminaría de independizarme cuando me arrejunté; y resulta que en el lote venían de serie unos pseudopadres sin lugares comunes. Como un embrollo adicional al ya de por sí laborioso arte de cohabitar en pareja, de pronto una se encuentra con que tiene que hacerse querer sin *gugutatas* y ellos respetar sin poder recurrir a la paga semanal.

En mi caso particular, la suegra fue pan comido. Literal. El mismo día que nos estrujamos las manos, me zampé un estofado de la señora coreado por varios *mmm mmm* y sin arrugar la nariz. Ella, consciente de sus carencias culinarias, debió de pensar que eso era amor del de verdad verdadero, lo demás tonterías, y me acogió bajo sus alas. Y yo, por mi parte, comprendí al fin la utilidad social de tantos años de tortura gastronómica en la cantina del colegio (gracias, mamá).

Mi señor suegro, por el contrario, se hizo el remolón. Tuvo que ser un positivo en el test de embarazo lo que me dispensase de la estricta formalidad de dirigirme a él como Herr Doktor, y un *gugutata* de verdad —del niño, no mío— lo que inaugurase el tuteo oficial.

Pero los años y la ya no tan reciente cercanía de nuestros respectivos hogares han ceñido la relación y convertido las reuniones familiares en parloteos distendidos y cariñosas veladas. Sin duda, las vivencias compartidas han ido encaminando y consolidando el trato; pero han sido sobre todo las ocasiones memorables las que han marcado puntos de inflexión en la calidad de nuestro parentesco.

El nacimiento de un nieto, por ejemplo, siempre ha sido para bien; una mala cara a mi biocuñada, para un poco peor; cuatro gritos al Maromen, para... depende del porqué, y así sucesivamente.

Sin embargo, se dio hace unos años una de esas ocasiones memorables, cuyo relato ha sido desterrado sin piedad de las evocaciones familiares. Imagino que por bochorno —el mío incluido— y porque sus consecuencias a día de hoy no han podido, o querido, ser dilucidadas.

Resulta que cuando yo sólo tenía dos hijos y andaba un poco más cuerda, se atrincheró la parentela teutona durante un fin de semana en casa de mis *suegren*. Al terminar uno de los desayunos comunitarios y para evitar rebasar el reducido aforo del salón, accedí a los grititos suplicantes del pequeño y le escolté hacia su nuevo pasatiempo favorito: las escaleras.

Las escaleras de mis suegros tienen exactamente diecisiete escalones que, por aquel entonces, mi gateante kamikaze subía y bajaba con su divino culo varias veces en cada visita. Responsable que soy de su integridad física, incluyendo sus dientes, mi presencia en otro lugar que no fuese justo el escalón de detrás no estaba justificada de ningún modo. Y ahí mismo me situé, resignada a fortalecer mis nalgas durante lo que prometían ser horas.

Pero nada más empezar con el segundo escalón se abrió la puerta del baño, y de ahí que salió el Herr Doktor en albornoz dirección a... vestirse, supongo. Como cualquier persona a la que los niños ni fu ni fa hasta que sepan jugar al ajedrez, sus esfuerzos carantoñescos suelen ser justo los que no tenían que ser en el momento que no hacían falta. Sin ir más lejos, en ese mismo instante.

Tal cual divisó al pequeño Destroyer dirección arriba, tal cual se agachó a animarle en su tarea (ahora levanten sus cejas): *tal cual.*

Fue más o menos a partir del octavo escalón cuando dejé de rezar para que se diese cuenta y se tapase, y empecé a probar el soborno mental a la Providencia para todo lo contrario: No volveré a meterme con mis cuñadas, fumaré menos, llamaré a mis abuelas todas las semanas, me comeré las acelgas... lo que sea... pero, por favor, por favor, por favor, quiero llevarme este secreto a la tumba.

Y parecía que funcionaba, oigan: ya llegábamos al final de la escalera y aquí nadie había visto nada; pero, por supuesto, tuvo que aparecer por ahí la hippipollas de mi cuñada y gritarle a su padre que hiciese el favor de taparse, que se le estaba viendo todo.

CAPÍTULO 13
La lechera

De todos es conocida la historia de la lechera, aquella moza risueña que se dio a la especulación mantecosa y acabó con el canto por los suelos, ¿verdad?

Pues bien, que sepan que yo también pequé en su día de ingenua teorizando y acabé con un plumero en la mano y mis estudios a buen recaudo. Y es que es lo que tiene *Españoles en el mundo*, que te lo venden tan bien y tan cuco que te acabas creyendo que es un documental y no un programa de entretenimiento.

Ilusionada con la mitología germana, esa que te cuenta que aquí, como en el resto de países nórdicos, tener hijos es mucho más fácil, que te salen todos rubios y atirabuzados, que las bajas maternales son espectaculares, que el *Gobiernen* regala mensualidades y que los hombres boreales también lloran, llegué yo al mierdapueblo dispuesta a defender unicornios.

Del pordiosero Berlín me traje, a una próspera región pleniempleada, unos estudios universitarios y un gran problema: mi rorro de dos años. No porque estuviese en su apogeo rabietil, que también, sino más bien porque era —y es— menor de edad.

Y es que, verán, en la guardería de la aldea no nos lo cogían. Ni de *koñen*, me dijeron, que es muy pequeño. Pasmada ante tan insolente afirmación, incité al niño a monear un rato, para que viese la *seño* el salero que traía. Pero no hubo manera, oigan, que no, que hasta su tercer cumpleaños nanay de la China.

Abatida y pelín alarmada, pregunté por doquier a quien quiso escucharme y, como única respuesta, me estrellaron el cántaro y me mandaron al pueblo de al lado. Ahí me cogieron al niño con sus dos primaveras, sí, pero porque a falta de infantes estaban a un pelo de la quiebra y sólo de ocho a doce y sin comida.

Imagínense pues mi decepción y mala leche. Yo, que cantaba las bondades del Estado de bienestar teutón, que le hice propaganda en las Hispanias, que me pavoneé sobre sus políticas conciliadoras. Yo es que vivo en Alemania —aclaraba así como con altivez a la madre ibérica común, ojerosa y remordida—, y allí tenemos bajas sensacionales y subsidios familiares. Molamos mucho.

Mas con razón se refranea aquello de dime de qué presumes y te diré de lo que careces, y Alemania en esto no se iba a quedar fuera. La baja de maternidad aquí es menor que en España y, para colmo, te obligan a cogértela mes y pico antes del parto. El famoso *Elternzeit* con el que nos alargan los dientes no es más que una excedencia de un máximo de tres años. Igualito que en España.

Lo que no es igual que en la Península es que aquí te surten con el 65 por ciento de tu sueldo durante el primer año. Y que, después de ese año, tu jefe pasa a ser tu Maromen. *Pa* ti *pa* siempre.

O ya me dirán qué opciones te quedan si aquí la guardería empieza a los tres años, si sólo existen plazas para el 17 por ciento de los que no han cumplido tres primaveras —y la mayoría de ellas en la zona mala, la excomunista, la pobre—, si los horarios no dan para cubrir ni una media jornada o si cuando empiezan el colegio, a los seis años, salen siempre antes de las doce.

Supondrán bien si piensan que Alemania es el paraíso de las amas de casa vocacionales, y espero que ahora entiendan por qué tiene la tasa de natalidad más baja de toda Europa. Que aquí no irán con la camisa abierta y la melena torácica al aire, se estilarán mucho los juguetes unisex y las adolescentes leerán a Nietzsche ostentando tupidos sobacos, pero los pantalones siguen siendo de usufructo masculino. Y no me menten a la Merkel, que les veo venir, ¿o acaso no sabían que no tiene hijos?

Que, para colmo, sean las propias germanas las que apoyen este sistema, atribuyéndose en exclusiva la capacidad —y la obligación— de cuidar rorros, no ayuda demasiado.

Comprendiendo pues la que se me avecinaba, decidí que lo más astuto sería condensar mi enclaustramiento y cumplir el plan de hijos en el menor tiempo posible, para poder así, algún día, lanzarme al mundo laboral sin interrupciones maternales a la vista. Juro que fue esto y no locura transitoria lo que me llevó a parir dos niños más con un intervalo de catorce meses.

Y aquí sigo todavía, intentando resucitar mis nervios y una carrera laboral a base de complejos malabarismos. Como todas las madres del mundo.

CAPÍTULO 14

Oda a la cebolla

Mi *familien* postiza siente una adoración desmesurada por la cebolla.

Me consta que en realidad la tiene todo el país, pero, por suerte o por desgracia, el celo con el que se atesora la intimidad por las Teutonias me ha privado de las visitas domiciliarias al pormenor que rigen el protocolo básico de cortesía hispánica. Vamos, que no he asomado el morro por muchos baños ni muchas despensas germanas.

Aun así, de buena tinta sé que aquí la cebolla es la reina de la fresquera y que se recurre a ella más que a la aspirina. Porque es que resulta que la amiga tiene propiedades curativas y todo lo sana, cual culo de rana. Qué, ¿cómo se quedan?

Si se le ocurre a usted despeñarse por estos lares, ya puede agarrarse al primer palo que encuentre y metérselo en la boca, porque cuando le froten la verdura va a ver la Vía Láctea al completo. O si acaso le da por sufrir una otitis le sugiero que no escatime en champús, porque llevar un gorro encebollado a la altura de la oreja durante tres o cuatro días necesitará de otros tantos bajo la ducha para recuperar su particular aroma de usted. Incluso si su mujer sufre de inoportunos y recurrentes dolores de cabeza, o si su problema es que colapsa instantáneamente al rozar la almohada, siempre puede usted camuflar unas rodajitas debajo de la misma, que la mantendrán lozana e insomne un buen rato.

Sea lo que sea lo que a usted le pase, la cebolla es la solución. Se lo digo yo, que no hay indisposición o contratiempo que mis postizos no me hayan intentado solucionar con la emperatriz de la despensa. Digo intentado porque..., bueno, ya se imaginan por qué.

Pero por algo dirá la canción aquello de que sorpresas te da la vida, la vida te da sorpresas, y un día a mí me dio una muy malamente. Resulta que una tarde de esas de sábado común y corriente, a la misma hora a la que estaban echando el cerrojo a todas las boticas próximas al mierdapueblo, dos oportunos velones mucosos empezaron a columpiarse desde la nariz del pequeño. Como esto se llama mierdapueblo por algo, salir en busca de una farmacia de guardia suponía un riesgo equiparable a salir a tomarte *una* cervecita en la Península, que siempre sabes cuándo sales, pero nunca cuándo vas a volver. Quitándole hierro al moco, decidimos esperar hasta el lunes.

Gilipollas somos y por el camino nos encontraremos; porque entre llanto y llanto, esa noche dormimos unas dos horas en total, y eso redondeando para arriba. No les costará pues imaginar nuestro catatónico estado del domingo y el hundido nivel de mis reflejos antihierbas; ni tampoco que mi *suegren* aprovechase tal coyuntura para hacer un poco de proselitismo cebollil.

Con los últimos resquicios de espabile que me quedaban —y como una es más papista que el Papa—, conseguí infestar los bajos de la cuna con varias docenas de cebollas en todo su esplendor y riqueza: rojas, grandes, pequeñas, troceadas, picadas, en juliana... Allí estaban todas.

Y miren ustedes por dónde, en pocos minutos —exactamente los que tardó la habitación en oliscar a axila otomana— mi bebé oloroso se convirtió en bebé apestoso y dejó de roncar como un ogro.

Juro por *Gott* que hasta él mismo durmió esa noche.

Huelga decir que yo me desperté fanática del bulbo y que aquella mañana se le coreó con devoción en esta casa. Y que ahora regenta nuestra despensa, nuestros cuartos, los otoños y la lista de la compra.

CAPÍTULO 15

Las cucharas del herrero

Personalmente creo que el refranero español está infravalorado. En estos tiempos que corren, en los que se estila mucho Punset y coloquios pesimistas varios al calor de una cervecita, tendemos a olvidar la sabiduría que esconden esas frases lapidarias que recitan las abuelas con aplomo y resignación.

Supongo que habrán oído alguna vez aquello de que en casa del herrero se estila madera, ¿no? Pues no falla nunca, oigan.

Sin ir más lejos, en esta mi humilde morada la madera prolifera que da gusto. No sólo por los juguetes, que también, que en algo tenía que poder arbitrar mi germano cónyuge; sino también en los asuntos más metafísicos.

Verán, yo, sin ir más lejos y gracias a la generosidad de mis padres, que me pagaron la carrera, además de filósofa, soy teóloga. Toma ya. Vamos, unas carreras con muchísima utilidad práctica, sobre todo si se vive en un mierdapueblo dejado de la mano de *Gott* y con tres niños pequeños.

Por lo menos, pensaba yo, podré ocuparme con erudición del adiestramiento teórico de mis polluelos; y, con absoluta convicción, establecimos que en esta casa abundaría el respeto, no habría tele y sí muchos pájaros y muchas flores y mucho alejar a los rorros de la violencia, la muerte, la sangre, los ninjas y Maléfica.

El único problema que no tuvimos en cuenta es que, verán, por muy mierda que sea el pueblo, seguimos viviendo en sociedad y batallar contra las modas es lo que tiene, que al final revienta por algún lado.

Y cuando el Mayor empezó a volver de la guardería cargado de preguntas, después de un par de intentos fallidos —en los que acabábamos con un cacao mental los dos, yo por intentar explicárselo todo, él por hacer esas preguntas clave y desarmantes que hace cualquier niño con chispa y sensibilidad—, le acabé remitiendo, compungida y derrotada, a los métodos pedagógicos para minipersonitas de su educadora.

Pero llegó la Pascua y con ella el siguiente nivel. El niño me llegó a casa lívido y encuestando el ¿quién?, ¿cómo?, ¿por qué han remachado a Jesús en la cruz?, ¿con clavos de verdad?, ¿cómo de largos?, eso hace mucha pupa, ¿no, mamá?

Para colmo, aquí en la Baviera profunda, cual toro de Osborne proliferan crucifijos realistas por doquier y día tras día veíamos crecer la palidez de la pobre criaturita, que nos acribillaba a preguntas cada vez más indiscretas sobre ¿quién le ha hecho eso?, ¿Jesús era malo?, ¿así que aunque me porte bien y sea bueno los malos me pueden hacer eso?

¡Haz algo, *koñen*, que tú eres del gremio!, me instigaba el Maromen.

Así que intenté acicalarle un poco las ideas y le dije que no se preocupase, que sí que le había dolido, claro, y que se había muerto, pero que a los tres días había resucitado y se había ido con su papá y su mamá había ido después y sí, sí, como te han dicho en la guardería, está arriba en el cielo comiendo perdices y lo ve todo, tú tranquilo, que ya no tiene más pupa.

Ojiplático y silencioso se metió ese día en la cama. Y yo, hinchada como un pavo por haber sido capaz, para variar, de sintetizar, simplificar y explicar cinco años de carrera en dos minutos, me dormí con una sonrisilla triunfal; que, como puede que ya sospechen, se me borró a las tres de la mañana cuando un aullido aterrorizado despertó hasta a las arañas. ¡Socorroooooooooooooooo! ¡Que viene Jesús!

A partir de ese grito, día tras día, noche tras noche, el niño empezó a mirar y remirar por todas las esquinas, debajo de la cama, y se negaba a bajar al trastero por miedo a encontrarse al de la cruz. Y yo erre que erre, con la misma cantinela, poniendo cada vez más énfasis en la resurrección y la curación de las pupas, y desconcertada al no observar reducción alguna en sus recién estrenados terrores.

Hasta que un día se hizo el *clic* y los misterios de la cruz se me revelaron; que digo yo que por mucha madera que gastásemos de algo tenía que servir ser herrero, ¿no?

Verán, aquí la administradora de misticismos y conceptos abstractos, intentando justamente lo contrario, le había presentado a su retoño a su primer zombi.

CAPÍTULO 16
Rabenmutter

Verán, aquí en las Teutonias yo soy lo que se denomina, con demasiada ligereza y extrema confusión, una *Rabenmutter*.

No sólo porque tenga niños y en mi salón, mi cocina, el pasillo y debajo de todas las camas proliferen vehículos multiformes de tonalidades dispares, no; que ya sé que eso del *Raben* suena de *culen* pero no es lo que se imaginan.

Raben en alemán significa «cuervo», y la razón de haber elegido animal tan simpático y colorido es que —por lo visto— tienen la fea costumbre de abandonar a sus polluelos en el nido y escabullirse por ahí de lombrices pardas.

Irán pues ustedes por buen camino si, tras mi lúcida descripción del comportamiento de estas *renegrías* aves, deducen que por estos nevados y prósperos lares eso de que una madre redunde en sus funciones no gusta un pelo. Y sabrán valorar el grado de su aversión por este tipo de progenitoras si, siendo como son los germanos de naturaleza horchatosa, en un alarde de erudición retórica e ironizante han tenido a bien acuñarnos una denominación tan específica, que debe de ser que eso del *Mutter* a secas no nos lo merecemos.

Imaginen mi expresión sorpresiva cuando, recién aterrizada en la zona más próspera del país, esa que carece de paro y donde toda familia que se precie habita un *chalete* en propiedad y conduce dos vehículos seminuevos, me tacharon de madre córvida. A mí, que traía las mechas recientitas.

Y por goleada, además. Por tener un niño de dos años y querer aparcarlo unas horas al cuidado de extrañas, por no haber adoptado el apellido del Maromen, por querer amortizar mis años universitarios, por no ir en chándal a la compra, por no dominar el arte de la pastelería y las manualidades, por obligar a mi pobre cónyuge a tender la ropa o pelar patatas, por parlotear sobre algo que no fuese mi polluelo y no querer llevármelo al ginecólogo.

En definitiva, por ser una egoísta y no demostrar consideración ninguna hacia mis obligaciones como madre y devota esposa.

Por un momento pensé que nos habíamos equivocado de siglo o, ya puestos, de país, porque del motor de Europa no se espera una estas cosas. Sobre todo si encima la *presi* es mujer —y rubia, para más inri— y nadie la cuestiona. Así que yo me preguntaba: ¿qué demonios habrá hecho la Merkel con sus hijos para poder dedicarse a la escalada política con tesón y esmero?

Muy fácil: no tenerlos.

El resto de teutonas, por si les quedaba alguna duda, van tomando nota. Digo yo que la tasa de natalidad más baja de Europa sólo puede significar una cosa, ¿no? O niños, o carrera, o menosprecio social.

Pero como a mí no me gustan un pelo las injusticias y además soy de natural amable y poco rencorosa, dándome así como pena que, teniendo las *Raben* un apelativo tan desde el cariño, las *Mutter* de bien se quedasen a secas, he tenido la deferencia de acuñarles un término sólo para ellas. Desde el mismo cariño.

A la madre prototipo germana yo la llamo *Übermutter*. Sin acritud.

Aunque les juro que hay días en que la que me siento *Übermutter* soy yo; porque tener que lidiar con tres niños, un Maromen bohemio, una casa, un trabajo remunerado y una cultura que considera normal protestar porque alguien plantee la posibilidad de ampliar un poco los horarios de infantil, bien merece una capa.

CAPÍTULO 17

Manos libres

Dicen las malas lenguas que la consagración social de cualquier artefacto le llega cuando, para su utilización, dejas de requerir la intervención de las manos. El móvil, los robots aspiradora o la Thermomix constituyen flamantes arquetipos de esta manía humana por el multiusismo y la omnipotencia. La finalidad última sería, en esta época acelerada en la que el tiempo cotiza más que el oro, poder hacer un porrón de cosas a la vez.

Supóngome yo que este afán de optimización minutera ha tenido algo que ver con el rescate, hace ya algunas primaveras, de una ancestral costumbre que, para más inri, parece tener cantidad de beneficios para los rorros. Se trata del famoso porteo; vamos, lo que de toda la vida se ha conocido como colgarse al niño y punto.

Confieso que cuando nació mi primer hijo me dejé llevar. Teniendo en cuenta que en el Berlín de entonces sólo se veían Bugaboos y fulares, opté por no maltratar más mi demacradísima cuenta corriente y sucumbir sólo a este último.

Que usé dos días.

El primero coincidió con la introducción de alimentos complementarios al bebé: dos flecos de bufanda y varias pelotillas de jersey. Espero que sin gluten.

La segunda oportunidad al trapito de marras casi me cuesta una pulmonía y deleitó a media capital teutona con una inoportuna panorámica de mis pechugas; pero es que a –15 °C que hacía aquel día, el dilema entre mis pulmones y la respiración del niño se resolvió a favor de este último y no pude cerrarme el abrigo. Ya ven, una que era primeriza de manual.

Después de ese episodio concluí que para los fulares, como para la cocina, hay que tener talento, que yo carecía de él y que, además, mi hijo estaba de acuerdo.

Mas una tarde que me encontraba yo sacando billetes de avión para machacar unos días el temple de mis progenitores, cuando el tercero se encontraba aún en fase de cocción uterina, tuve una premonición espeluznante. Me visualicé sola, en el aeropuerto, con los tres y al borde de un colapso nervioso. Fue entonces cuando la opción de colgarme un niño volvió a rondarme la cabeza.

Juré por *Gott* que esta vez no volvería a equivocarme y me informé a conciencia. Después de mucho pesquisar, me decidí por una mochila ultra-súper-chachi-modernísima-y-ergonómica, a precio de Vuitton.

Por si las moscas, me la fui a probar con Pepe —el Nenuco de los niños, que hace patria— y abrigo de invierno en pleno agosto. Pepe parecía feliz y confortable. Lo que se me había olvidado es que Pepe también parece feliz y confortable debajo del pandero de Destroyer, o en pijama a la intemperie. Así que, cuando nació el del Rizo en noviembre y resultó que había que empaquetarlo en plumífero antes de cada paseíto, la acojomochila quedó relegada a temporadas cálidas y ligeritas de ropa. Creo recordar que, por aquel entonces, mi biocuñada me habló de fulares elásticos y yo, que me dejé llevar por los prejuicios, para una cosa inteligente que dice voy y no le hago caso.

Pero la primavera llegó y con ella el sol y algo de calor. Rauda y veloz me dispuse a amortizar mi inversión.

Mi entusiasmo dejó paso, con bastante rapidez, a la decepción más absoluta; porque aunque es verdad que el rorro queda adherido, las manos libres de *ese* niño no me quedaron nunca: con una tenía que sujetarle el chupete y con la otra las garritas. Además, dejar al mediano andar solo por la calle no era opción segura y, por empujar su cochecito con las rodillas, me había granjeado las burlas de varios transeúntes.

Inclinada ya a colgar el zurrón y olvidarme de él para siempre jamás, una tarde soleada de miércoles me vi en un apuro, de esos que, con pocas horas de sueño, se te hacen un mundo. Después de una noche movidita, el nuevo se amodorró al fin en su capazo... cinco minutos antes de tener que llevar al mayor a su clase de gimnasia. Ilusa de mí, no se me ocurrió otra que colgarme al mediano a la espalda y no rozar al pequeño. Resistirá, pensé, que no ha dormido en todo el día.

Ilusa, he dicho; porque no resistió, claro. Fue llegar a la mitad del camino y ponerse a berrear. Y yo, mirando al cielo por agarramiento coletero del de detrás, que no atinaba con el chupete, ni con el muñeco, ni con nada de nada.

La cosa se resolvió con brazos para el pequeño, la espalda pulverizada por el mediano y el cochecito a rodillazos. La mochila, por si les interesa, fue abandonada allí mismo en el vestuario, a la espera de alguna madre talentosa que sepa qué leches hacer con ella.

CAPÍTULO 18

La maternidad expatriada

Cuando yo me vine *pa* Alemania, estaba soltera y sin compromisos.

Feliz, inconsciente y muy muy inocente, pensé que lo único que me separaba de la vida que dejaba atrás eran tres horas de avión y un buen plato de jamón. Y es que, verán, el por aquel entonces famosísimo *Europa 15* me mantenía en frecuente contacto con mis progenitores —sí, como en el anuncio, quince minutos, tooooodos los días—, y Facebook hacía un apaño más que aceptable con los amigos de toda la vida.

Pero luego tuve un hijo y se abrió un abismo insalvable.

Porque es que, verán, no importa que viaje mucho a España, las horas ante la webcam documentando en directo bostezos varios del polluelo que toque, las fotos que mande o los informes que redacte sobre dentición o sistemático escupimiento de puré.

Da igual que me siga fingiendo la expatriada temporal. El caso es que, cada domingo, sé que no voy a ir a comer a casa de mis padres, que se han perdido sus primeros, segundos y hasta décimos pasos; que mi madre no me puede acompañar al ginecólogo, ni traerme unas lentejas, ni tampoco regañarme por tenerlo todo manga por hombro.

Mis amigos de siempre se van haciendo vecinos entre ellos, salen a cenar los sábados o quedan a tomar café un miércoles de espontáneo. Se saben la vida y milagros de sus hijos y se escapan a Patones los fines de semana. A los míos los han visto tres veces en tres años, no saben cómo es mi casa ni comprenden mi día a día. Nuestros rorros nunca serán amigos —ni a la fuerza—, no irán al mismo colegio ni se taparán las gamberradas.

La canción infantil de referencia en casa es, muy a mi pesar, *Alle meine Entchen* y no el ratón de Susanita; mis polluelos se pirran por los *Kässpätzle*, por mucho que les guste el cocido; nunca usarán cuadernos Rubio y siempre celebrarán el día de la madre una semana después de felicitar yo a la mía.

Triste hasta extremos insospechados. Esos pequeños detalles de la vida cotidiana, los que de verdad hacen la infancia, no se parecerán nunca a los míos.

Pero verán, como no está una para dejarse llevar por la melancolía —y además, que el corro de la patata en versión asaetada no triunfa entre mis infantes—, se intenta disfrutar de las ventajas de estar lejos de casa que, como las meigas, haberlas haylas.

Muéranse de envidia, señores, porque yo, aquí donde me ven, en el país del acelguismo emocional, tengo meses enteros —meses, me-ses— para adecentar la casa antes de que entre mi madre dispuesta a abroncarme por cómo lo tengo todo.

¿Y qué me dicen de esas figurillas de cristal espantosas que les regaló su tía segunda del pueblo cuando se casaron? ¿Qué tal quedan en su cómoda de los marquitos? ¡Ja! En la mía duraron cuatro nanosegundos, que fueron lo que tardamos en hacerles una foto y adjuntarla con el agradecimiento.

Ahora no me odien, se lo ruego, pero sepan que mis infantes chapotean en la bañera a las 18.00, y una hora más tarde están roncando a pierna suelta. ¿Sienten cómo la pelusa se apodera de ustedes?

Además, ser el único ejemplo de cultura ibérica en mi *Haus* me permite ser selectiva y extremadamente manipuladora y, entre otras cosas, he prohibido la combinación de sandalia y calcetín hasta en el Maromen —porque atenta contra nuestro concepto educativo—, y fomento sin pudor los besos y las payasadas parentales a todas horas.

Y sí, no van desencaminados si piensan que esto del idioma es agotador y mareante y que me paso el día corrigiendo y vocalizando y vuelta a corregir. No obstante, si viviésemos en España, Destroyer no seguiría diciendo *cojonito*, ni el del Rizo pidiendo cosquillas al grito de «¡Mamá *morde muslamen*!».

CAPÍTULO 19

Carnaza

Las *Übermutter* del lugar son, para mí, fuente inagotable de inspiración, asombro y, ahora que la experiencia me engrada, de ilimitada diversión.

Lo confieso: en el fondo, me encanta que sean como son.

Prototipas del teutonismo más rancio, en ocasiones me exasperan y me hacen olvidar que eso del choque cultural siempre es cosa de dos y que, esas peculiaridades que a mí me dejan ojiplática, a ellas les resultan de lo más normal y viceversa.

Yo me supongo que las habrá que pasen olímpicamente de si mis polluelos comen o no naranjas, otras a las que les haga gracia que les peine y les ponga colonia, y algunas que se lleven las manos a la cabeza porque no les plante un gorro a 15 °C en verano.

Asumo sin complejos que algunas *Übermutter* me consideren fuente inagotable de asombro, diversión y, por qué no, de escándalo moral. Y es que no voy a negar que carnaza conmigo tienen de sobra, y no me extrañaría que alguna incluso se lamentase en corrito de la mala vida que les doy a mis hijos.

Porque, claro, ¿quién protege a ese pobre bebé, que no está recibiendo la colorterapia adecuada y cuya piel corre el serio peligro de estar… limpia?

¿O al mediano? Ese bebé-niño desamparado, obligado sin piedad a andar por la calle, a sentarse para comer o forzado a jugar al aire libre sin gorro. Le saldrá hiperactivo con esas canciones que le canta, seguro (que es que en comparación con los cantos gregorianos infantiles que por aquí se estilan, el corro de la patata parece punk metal). Apuesto lo que quieras a que se ríe tanto porque tiene alguna conmoción cerebral, ¿o no has visto la cantidad de chichones que tiene el pobre?

¿Y el mayor? A ése ya se le puede dar por perdido, hablando en esa lengua extraña —suena como a latín, ¿no?, ¡como la niña del exorcista!—, bebiendo sólo agua y viviendo en la ignorancia de quiénes son los Power Rangers.

Si ya lo sé, señores, pobrecitos míos.

Aunque existe un problema con la carnaza; y es que hay ocasiones en las que hasta yo les daría la razón por pensar mal. Porque es que verán, hablando en una lengua foránea con los rorros, al autóctono común le suele llegar la mitad del mensaje y encima mal, fuera de contexto y con dobleces, haciendo que explicarse quede hasta peor.

Comprenderán pues que gran parte de mi popularidad en el mierdapueblo en realidad se la deba a la educación bicultural; y a la sociabilidad de mis hijos.

Por poner un ejemplo, les contaré que, al poco de llegar, tuvimos una semana movida: el lunes vino el deshollinador, el martes el propietario de la casa a revisar el contador, el jueves un técnico a salvar la lavadora y, ese día en cuestión, suministrándonos en la panadería del mierdapueblo, yo le metía prisa al Mayor porque iba a venir el cristalero. En español.

Como el niño está bien educado y es de naturaleza parlanchina —como su madre, ya lo habrán notado—, tuvo a bien dejarme en buen lugar y despedirse amablemente, explicando que nuestra urgencia se debía a la inminente aparición de un *Mann* por casa. La panadera, locutora jefa del radiopatio mierdapueblil, no quiso desaprovechar la oportunidad de chismorrear en nuestras rutinas y, rauda en sus funciones, le preguntó al niño, así como asombrada por la hora del día, si su papá salía tan pronto de trabajar.

«No, no, mi papá viene cuando ya es de noche. Pero cuando mi papá está trabajando vienen hombres a casa.»

Toma ya.

Lo que no sé es si la mujer me injurió mentalmente o me subió a un pedestal; porque ya me dirán ustedes si, con tres niños y un marido, sacar tiempo para amoríos extraconyugales no merece una placa conmemorativa.

CAPÍTULO 20

El rosa es de niños

Que los niños no son como una hoja en blanco lo sabe cualquiera. Me refiero a cualquiera que los tenga, evidentemente. Nos guste más o menos, de ahí salen sin barra de pan pero con las ideas cristalinas.

Se supone que nosotros, como padres amorosos y considerados que somos, tenemos que respetarlas —sin acatarlas— e instruirles para vivir en armónica sociedad con otras, incluidas las nuestras. La labor parental consistiría pues en orientar y escoltar, y no tanto en imponer o manipular. Tralalá.

De nuevo, cualquiera que tenga hijos habrá comprendido hace tiempo que esta teoría tan preciosa no es más que una ingenuidad como la copa de un pino y que admite un porrón de excepciones.

Por poner un ejemplo colectivo, un buen día usted está en un local cualquiera de Inditex probándose una camiseta —y tres pantalones, dos chaquetas y unos zapatos— y por la esquina del probador asoma la manita de su hijo blandiendo el vestido más choni de la metrópoli. «Para ti —le dice—, porque es muy bonito.» Y «*ta* lleno de *eztrellaz*». Vamos, lo que en cristiano se conoce por *brilli brilli* a secas.

En una milésima de segundo usted comprenderá dos cosas. Una, que su hijo no vale para poeta. Y dos, que las posibilidades de que dentro de quince años encuentre a una chavala que comparta sus gustos y la convierta en su nuera de usted, son más altas de lo que ya temía.

Y entonces decide pasarse la teoría por el forro —del vestido— y manipular con pretensión y alevosía.

Durante una temporada de duración indefinida parece que la cosa funciona. Su hijo va comprendiendo qué música puede gustarle, qué animales son imitables, qué ropa no le va a comprar jamás... y muchas cosas más.

En mi caso particular todo iba viento en popa a toda vela hasta que un día, así sin previo aviso, el mayor de mis retoños dijo que ese polo rosa chicle que tan bien le realza el morenito no se lo pone ni de *koñen*; «porque el rosa es de niñas y se ríen de mí en la guardería».

Vaya. Son las ocho de la mañana, llego tarde al médico del mediano, no hay más camisetas limpias, ni mucho menos tiempo para coloquios cromáticos y controversias genéricas. Se me ocurre una idea que, en esa coyuntura, me parece brillante y, con el tiempo pegado al pandero, destapo el portátil y le sintonizo unos vídeos para desayunar. Para que comprenda que los chicos también llevan rosa.

Y funciona, no se crean: el niño se va cual pascuas a la guardería, henchido de orgullo por el colorido de su polo.

Unos días después, sin embargo, comenzaron a asomar los daños colaterales de mi centelleante ocurrencia. El primero, la enérgica reticencia del niño a separarse de su polo ni cuando éste quiso irse andando solo a la lavadora. El segundo, la curiosidad de la profesora, que empezó a interrogarme sobre ese nuevo juego *spanisch* que ha desterrado al clásico policías y ladrones del patio.

—¿Qué juego, señora?

—Pues ese de las *bandillas* y el *togo* —me dice—, que tiene a los niños como locos pintando palos de rosa y con mucha purpurina y correteando alegremente por el jardín. Ahora dicen que el rosa es de chicos.

Yo fui perdiendo mi bronceado según discernía el verdadero significado de *bandilla* y *togo*; al mismo tiempo que admiraba las competencias sociales de mi hijo, que había tenido la deferencia de transmitirles a los teutones las palabras «banderilla» y «toro» con acento germano.

—Ideas de la abuela —atiné a decir—. Yo tampoco sé muy bien de qué va la cosa.

Huelga decir que esa noche extravié el polo rosa y que en esta casa sólo se visualizó *Spiderman* durante meses.

CAPÍTULO 21

Pelillos a la mar

En un país en el que más de uno se habrá llevado una reprimenda por comerse el embutido sin pan —¡menudo despilfarro!, ¿verdad?—, que depilarse cueste casi lo que un neumático de invierno puede dar una idea general de la estética veraniega de sus autóctonos.

En los albores de la inestable primavera teutona, es común contemplar por sus calles el armonioso pulule de forros polares combinados con sandalias (sobre níveos calcetines, por supuesto). Si algún día se encuentran por estos lares en época estival y tienen oportunidad de disfrutar de tal exhibición, sepan ustedes que esas piernas lechosas y peludas no son fruto de la desprevención y las prisas ante las inconstantes temperaturas nórdicas. Vamos, que aquí nadie se ha olvidado de depilarse, es que directamente no conocen cera.

Este respeto que parecen profesarle los germanos a la cabellera corporal suele tener sus ventajas, no se crean, que ser la tuerta en un universo de ciegos le añade unas lorzas a la vanidad de cualquiera.

El problema es cuando se exportan invidentes a un lugar en el que todos se han hecho el láser. Como por ejemplo una boda en Madrid. La mía, sin ir más lejos. En septiembre y a la española; y tirando a tradicional. Ya saben, traje blanco y mantilla, chaqué y vals.

Sorprendentemente se apuntaron un porrón de teutones y yo, consciente de lo que puede arruinarle a uno la velada el sentirse *over-* o *underdressed*, sentí la moral obligación de aclararle a la parte viajera que aquí las bodas son... bodas.

Arreglados y formales, *bitte*: las sandalias sin calcetín, pasarse un peine —que una vez al año no hace daño, palabrita— y cambiarse el forro polar por un chal o similar bastará.

Maromen, abducido por su guapura en versión pingüino, persuadió a su Herr Padre para que se le aconjuntase con un chaqué. Y el resto, en cuanto avizoraron las levitas, sacaron sus corbatas y chaquetas —de cuyas tonalidades fosforescentes no hablaré— y guardaron las Nike Air. *Danke sehr*.

Ese día, incluso mi biocuñada decidió que la naturaleza y su sabiduría podían irse a tomar vientos y se despejó los *sobaquen* —que tampoco le supuso un gran sacrificio, por mucho que así me lo vendiese, que me consta que la *Natur* se la pasa por el forro cuando se trata de sus cejas, sea el día que sea.

A posteriori se me informó de la insurrección de la madrina. Por lo visto, muy a pesar de la machaconería de su hija, la buena mujer se negó en rotundo a podarse las piernas. Ni de *koñen*, vamos, encima de que se ponía falda corta, lo que le faltaba era depilarse.

Tanto le dieron la murga a la matriarca, que acabó marcando mi número a pocas horas del enlace para preguntarme dónde podía comprar medias. ¿Medias? ¿A 30 °C y después de una semana en la Costa Brava? Como se podrán imaginar, la mandé a El Corte Inglés.

Supongo que serían los nervios o los dos vodkas que me suministró mi madre antes de salir de casa y ese día no me fijé. Lo que, sin embargo, sí que recuerdo es haber tenido un fugaz pensamiento al verla. ¿No habían ido a la playa? ¿No quería unas medias? ¡Se ha depilado!

Pero no fue hasta unas semanas después, recién entregado el álbum oficial del evento y paseando a una íntima que no pudo presenciar el mismo, cuando me oí decir a mí misma: «Esta de aquí es mi suegra..., la del vestido berenjena y... ¡¿medias blancas?!»

En ese momento decidí que, si por algún casual nos daba por renovar votos en algún momento, lo haríamos en Siberia.

CAPÍTULO 22
Comida de viejas

Aunque haya días en los que intente convencer a mi prole de lo contrario, en el fondo —y en la superficie— no soy más que una madre corrientita del montón. Vamos, una de esas que, varias veces al día, consigue subyugar la tentación de regalar a sus retoños al primero que pase. Con lazo y todo, si me apuran.

Y es que pasarse la vida con el «no» amuletillado, qué quieren que les diga, negativiza a cualquiera.

Mas no se vayan a pensar que de mi boca sólo brotan prohibiciones, señores, que una será todo lo estándar que se quiera, pero tropezar tres veces con la misma piedra adiestra hasta a la más necia. Sin ir más lejos, durante estos años yo he aprendido a delegar infinidad de noes al entorno.

Que no se tira de la cola al gato del vecino lo tuvieron que aprender mis infantes del propio gato. A arañazos, claro.

Que los jerséis no se lavan a 60 °C se lo explicó a mi cónyuge la propia lavadora. Y sin gritar, oigan.

Que no es buena idea meterse con mis rorros lo aprendieron el resto de niños y sus madres en mi compañía. El mismo día, por cierto, que mi madre entendió que las lentejas no son para el verano.

En acta hago constar que yo se lo había intentado explicar; por activa y por pasiva. Que yo no tengo nada contra las lentejas, vaya, pero convertirlas en adalid de la dieta mediterránea y sobredosificárnoslas cada vez que pisamos sus dominios tampoco es plan. Mi madre, empero, desoyó mis avisos y prefirió aprenderlo a las duras. Y vaya que si lo memorizó.

Hace ya unos cuantos meses, cuando el pequeño todavía reptaba y Destroyer aún usaba pañales, disfrutábamos en completa familia de una atestada piscina madrileña. Todo apuntaba a que sería una tarde ordinaria, con el Mayor en remojo jugando al príncipe sireno, mi mano sujeta al Monstruo del Rizo sujeto a galleta y Destroyer en posición preplancha *agarrao* a la escalera...

Hasta que de pronto, algo similar a un torpedo salió disparado del pellizcable culo de Destroyer, reventando su bañador-pañal y cayendo en parduzco reguero por su anca derecha. Rauda y veloz que se vuelve una nada más parir, salí corriendo como alma que lleva el diablo hasta el lugar del... hecho, sacando al niño en volandas por encima de la vallita reglamentaria y entregándoselo a mi señora hermana (por aquel entonces soltera y sin hijos y, después de aquello, a día de hoy lo mismo). Mientras ella lo cambiaba, yo me iba a ocupar de detener el reguero y así impedir que mi angelito pasase a la historia como el *Prestige* boñiguil de la pileta.

Tras unos minutos de limpieza de bordillo y pensando que la andanza depositiva había tocado a su fin, cuál fue mi sorpresa al divisar a mi estimada hermana en la ducha de la piscina luchando con miles de lentejas.

Lentejas, sí. Los tres platos que había engullido la criaturita hacía unas horas. Enteras.

Por supuesto, me uní a la caza de la lenteja con toallita, mientras maquinaba mentalmente un fratricidio lento y doloroso. Porque es que ya me dirán ustedes si no es delito llevar al defecador de legumbres a una ducha doble bien grandota, encender sólo una y ponerse a observar con horror cómo las lentejas sortean el desagüe y se van en dirección a la de enfrente. *Pa* matarla.

Pero suerte tuvo la niña porque, cuando el angelito dejó de chapotear alegremente en su estofado para agarrarse a mi pierna con carita de abrázame-que-tengo-*fío*, me apercibí de la horda de infantes que nos rodeaban. Y de que habían pasado del alucinado «¡¿le han salido lentejas del culo?!» al insulto en grupo. Fue oír que le gritaban «¡guarro!» a mi vastaguín, y mi cabreo se reorientó.

Con mi Destroyer no se mete nadie.

Y advirtiendo que, en este tipo de situaciones, ni la razón ni la violencia ni sus respectivas madres ayudan, no me quedó otra que tomarme la justicia por mi mano. Supurando seriedad materna, adopté una pose entre incrédula y sorprendida y, muy seria, me limité a confirmarles que sí, que eso eran lentejas... y que ¿de dónde se creían que salían?

Ojos como platos. Silencio. La seguridad de que Destroyer no será el único que se pase sin tomar legumbres una buena temporada. Hua hua hua.

CAPÍTULO 23

El concierto de fin de plato

Alemania evoca rubiales, pleno empleo, longanizas y cerveza.

Y pan.

Si alguien se pregunta dónde está la versatilidad germana, que deje de estrujarse la sesera y se pase por una panadería cualquiera. Blanco, negro, gris, con cereales, con pipas, de yogur..., el pan aquí en las Teutonias es un dispendio de creatividad e innovación.

Precisamente por eso, a estas alturas de mi integración merkeliana, sigo sin comprender su destierro sistemático a la hora de las comidas. Porque señores, en Alemania se cena pan, pero se come sin él. Y a mí eso me trae por el camino de la amargura y las alucinaciones acústicas.

Menuda chorrada, pensarán ustedes, pues coma usted sin pan. Y yo les daría la razón, no crean, ahora mismo y sin pestañear. Pero hay un pequeño problema, una minucia, una nadería; y es que, aquí, la salsa es la reina.

Para que se hagan una idea, les diré que la carne alemana podría servirse viva sin reparos, que moriría ahogada en nata antes de llegar a la mesa.

Como podrán imaginarse, a la mano de la que suscribe, tras años de adiestramiento en localización de paneras y sabrosos rebañes, no le quedó otra que asumir los desencuentros y acostumbrarse a dejar el plato inundado.

Y mentir.

Porque verán, aquí en las Teutonias se deja el plato reluciente. Ni rastro de salsa, oigan. Supóngome yo que lo harán para facilitar el bañado del mismo o agradecerle el esfuerzo a la cocinera, porque bombear adobo con cuchillo y tenedor no es empresa baladí.

Ni mucho menos silenciosa.

Habrán notado los que aquí residen en armoniosa convivencia con autóctono cómo, unos cinco minutos antes de que se acabe la comida, esas interesantísimas conversaciones sobre la salsa de pollo o la ironía lírico-satírica en las obras medianas de Goethe se interrumpen con brusquedad, ¿no? ¿Se han fijado también en cómo se preparan y toman aire?

Porque empieza la función. Una retahíla de *cling-cling-clang-clang* veloces y desacompasados —y muy muy irritantes, por cierto— anuncia la inminencia del postre. Pero no se crean que el ruidito es para celebrarlo, qué va; lo que ocurre es que llenar un tenedor con la mayor cantidad de salsa posible ayudado sólo por un cuchillo, y pretender que llegue más o menos colmado a la boca, requiere que se reduzca al mínimo indispensable el tiempo que pasa ésta en él antes de sucumbir sin remedio a la ley de la gravedad y regresar al plato.

No vayan a pensar que no le reconozco su mérito a la hazaña, que confieso haberlo intentado —a escondidas, eso sí— y la cosa tiene su aquél. Un aquél, por cierto, del que he podido zafarme con algo de soltura.

Porque esto de ser forastera tendrá algunas desventajas, pero no hay que olvidar también sus gangas. A las pesquisas maromiles sobre un supuesto repudio por la cocina de su madre reaccioné a tiempo y me fingí muy pasmada, alegando que en *Spain* esto es *different* y que allí es de malísima educación purgar la loza; que cuestiona la generosidad del anfitrión.

Alles klar.

Mi única preocupación ahora es el orgullo de mi madre, que mira siempre decepcionada los restos abandonados en el plato de su germano yerno.

CAPÍTULO 24

Burnout

El síndrome *Burnout*, también conocido como síndrome del trabajador consumido, se origina principalmente en profesiones que implican mucho trato social y en las que existen horarios laborales excesivos. Por lo visto, varias investigaciones han determinado que la aparición del síndrome es más probable cuando el trabajo supera las ocho horas diarias, no se ha cambiado de ambiente laboral en largos períodos de tiempo y la remuneración económica es, además, inadecuada. También puede manifestarse si el ambiente de trabajo es pésimo y las condiciones, inhumanas.

Lógico, ¿no creen?

Considerando como considero que debería considerarse el ser madre y estar en casa como un trabajo en toda regla, no me extrañaría que más de una acabase con la cabeza carbonizada.

Por suerte, la única ocasión en la que hemos tenido la oportunidad de apreciar un *Burnout* de cerca no ha sido el mío. De momento.

El trabajador consumido en esta casa fue nada más y nada menos que el hasta ese momento valoradísimo y ultraeficiente Ángel de la Guarda de Destroyer —ahora conocido como Antonio Rivero Crespo Jr.; sí, ése, el famoso «Cuñao» de la tele.

Y yo lo entendí, conste.

Admito que el Excmo. Sr. Ángel Guardián desempeñó

sus funciones de manera ejemplar durante dos años, dejando siempre unos prudentes dos milímetros entre la cabeza del niño y el pico de las mesas. Con algún que otro intento educativo, eso sí, unos chichoncillos, algún arañazo sin importancia, quemaduras leves; pero por el bien del niño, no se crean, por eso de que aprenda que el fuego quema, los picos pinchan, las cabras muerden y esas cosas.

Que el querubín de marras debía de estar de baja por depresión o achicharramiento cabecil lo empezamos a sospechar un sábado, cuando el rubio maléfico quiso abrirle la puerta a su padre y éste la abrió antes.

Las sospechas se convirtieron en indicios vehementes cuando el domingo decidió escalar por las baldas de la nevera; sí, por esas mismas que se extraen tirando con suavidad. Entre pegotes de yogur —al que suponemos objetivo principal de su operación— y trizas de envases diversos nos encontramos al herido gimoteando por una tirita para su sangrante zarpita.

Finalmente, el lunes pudimos confirmar, de manera oficial y muy apenados, la baja indefinida del de la guarda. No hubo milímetros entre la boca de Destroyer y el canto de mi cama.

La paleta derecha no aparecía por ningún lado —y miren que continuamos la búsqueda durante varias defecaciones— y la encía se partió desde el agujero hasta el frenillo. Incluido.

El dentista, muy amable, nos palmeó la espalda mientras nos aseguraba que, a pesar de lo horrible que está el rubio y de la pinta caníbal que tiene cuando ríe malévolamente, no era grave y que estas cosas pasan. Eso sí, tendremos que convivir con Cuñao Jr. por lo menos cuatro o cinco años más, hasta que le salga otro diente.

Echando de menos al Ángel indispuesto, no perdemos la esperanza de que vuelva. A día de hoy, la paleta superviviente *renegría* y un costurón en la ceja derecha evidencian que los suplentes son unos aficionados.

CAPÍTULO 25

Narcolepsia

Existe un tipo de achaque, una condición, unos episodios recurrentes que no son sambenito exclusivo de Homer Simpson. Ni falta hace ponerse como Homer para padecerlos.

Las madres, sean redundantes o a palo seco, corren el riesgo de narco-colapsar —y no me refiero a las sobredosis de Apiretal— en cualquier momento y en cualquier lugar.

Y es que esa vida al límite que llevamos, esas noches durmiendo a trompicones —ahora me duermo, ahora toso, ahora tengo sed, ahora hazme un sitio, ahora me he *cagao*—, esas confidencias posrománticas con el padre de las criaturas al calor de la borboteante boloñesa para mañana, esos soliloquios trascendentales e interminables sobre la lista de la compra o la conveniencia de los internados... Todo esto y mucho más se aprecia más allá de las canas prematuras y las ojeras perennes. No sólo porque arrastremos los pies y no dejemos de bostezar hasta el quinto café, no; ni porque mezamos instintivamente el carrito de la compra o hagamos los macarrones con gazpacho. Es que como nos sentemos, cortocircuitamos. Pzzzz.

No importa que estemos leyendo un cuento —el mismo cuento, por enésima vez— o coloreando un dragón o untando paté en el bocadillo; de repente nuestros párpados cobran vida propia y tiran hacia abajo que no veas. Pero que no veas nada.

Mi primer incidente narcoléptico documentado fue hace ya muchos meses, cuando el pequeño todavía no olía a choto, sino a bebé sabroso, y él mismo colapsó de sueño *aferrao* a la teta derecha de una servidora. Que el Mayor y Destroyer estuviesen entusiasmados con la aspiradora nueva fue decisivo a la hora de evitar males mayores y endulzaron el despertar de su querida madre, que se alegró horrores de encontrarse el salón impecable y prefirió no indagar sobre el paradero de la cortina desaparecida. Total, qué es una cortina en comparación con unos minutos de desvanecimiento reparador, ¿no?

El segundo y último tuvo lugar hace menos meses, cuando la aspiradora ya había pasado al olvido —al mío también, por cierto— y las dotes trasteadoras de los polluelos se habían perfeccionado notoriamente. Pero es que ya me dirán ustedes si no es insalubre pasar de estar de vacaciones en casa de los abuelos a gestionar de nuevo y al completo el nido del *cuquen* de un día para otro.

Tras media jornada oficinística, varias lavadoras, dos puzles, un guiso de ternera, cuatro veces el mismo libro y una granja abstracta en plastilina multicolor, creí conveniente regalarles a mis castigadas posaderas un respiro en eso que a veces es sofá, otras cama elástica, otras castillo de los malos. Sorprendida con agrado por la inusual interacción pacífica de los tres polluelos alrededor del Lego, no lo pude evitar y me dejé llevar por mis párpados subversivos.

«Sólo los voy a cerrar un momento.» Era mentira y yo lo sabía. Que además me mirasen los tres a la vez —los tres— justo antes de hacerse la oscuridad debería haber hecho saltar todas las alarmas; pero quise creer en la bondad infantil y no le di más importancia.

Lo siguiente que recuerdo es un timbre insistente y pasos voladores y risas a tropel. La cara de la vecina, que quería sal pero luego no quería nada, déjalo, no te molestes, me lanzó al espejo más cercano.

Les confirmo sus sospechas: una ceja *renegría* y un bigote a lo Dalí pero más extenso me revelaron la muerte de mi rímel y, *natürlich*, que el Lego sólo era una tapadera.

Un «mamá, no sabíamos que te habías muerto sólo un momento» me hizo jurar por lo más sagrado que nunca jamás de los jamases volveré a sentarme cuando no duermen. Y que el rímel *waterproof* ya no es bienvenido en esta casa.

CAPÍTULO 26
Colecho

Verán, según la RAE:

con-

(Del lat. *cum*).

1. pref. Significa 'reunión', 'cooperación' o 'agregación'. *Confluir, convenir, consocio.* Ante *b* o *p* toma la forma com-. *Componer, compadre, combinar.* Otras veces adquiere la forma co-. *Coetáneo, cooperar, coacusado.*

lecho

(Del lat. *lectum*).

1. m. cama (|| armazón para que las personas se acuesten).

Yo leo esto y así, a bote pronto, deduzco que el colecho debe de ser algo como «asamblea familiar en una —mi— cama» o, más concretamente, la «autoagregación progresiva de polluelos a la cama más grande de la casa, la mía».

Vaya por delante que en nuestra humilde morada, en/al principio, no se practica el colecho. Cada uno se acuesta en su camita, se arropa con su mantita y se desmaya hasta el alba.

Lo que ocurre es que aquí —como en la mayoría de los hogares apolluelizados, supóngome yo—, a partir de una determinada y, por lo general, intempestiva hora de la madrugada, una no está para discutir con nadie. Mucho menos por minucias como la almohada y el edredón.

El problema del colecho en esta *Haus*, miren ustedes por dónde, son los niños. Los míos, se entiende; porque yo no sé cómo compartirán las otras familias una cama, o cómo se incorporarán otros infantes al lecho paternal... Pero aquí, lo que se vive por las noches es el desembarco de Normandía. Una y otra vez.

La ronda de reconocimiento suele ser tarea de Destroyer, que se acerca de puntillas y me mira fijamente con sus ojitos vidriosos. Sospecho que debe de repetirse mentalmente algo así como «¡ábrete, edredón!», porque decir no dice nada, pero posee una pasmosa habilidad para hacerse notar y acabar en su lugar; o sea colgado de mi cuello.

Unos minutos más tarde, sin falta, atronan las sirenas —es decir, los gritos desaforados del pequeño—, que desencadenan el avance de las tropas al completo: el Mayor transbordando al del chupete y a un escuadrón de peluches de tamaño cojonero.

Si creen que esto es todo, permítanme anunciarles que se equivocan, y de pleno además. La batalla no ha hecho más que empezar.

Amén de diversas armas de destrucción masiva —tipo flatulencias, garritas en los quesos y, en temporada de resfríos, cuenquitos con cebolla— que aplican sin misericordia alguna, los asaltantes se emplean a fondo en el cuerpo-a-cuerpo: patadas voladoras, cabezazos, placajes riñoneros y tirones de pelo son sólo unos pocos ejemplos de las habilidades innatas del enemigo.

Y sí, siempre ganan. Bajo amenaza de no-dormiremos-nunca-jamás, el padre que los fecundó se pasa las noches deportado en el sofá. Y yo, que me paso las horas con las manos *estrujás* y tres pares de pies encajados en las lumbares, deseando colechar, pero con él.

CAPÍTULO 27

Liberalismo

En lo más profundo del gélido invierno, en un mierdapueblo teutón enterrado en la nieve, imagínense ustedes que les toca enclaustrarse cuatro días en su casa con tres polluelos desatados.

Háganme el favor de quitar esa cara de interlocutor receptivo de tragedia, porque si se lo estoy contando es porque he sobrevivido.

Es más, empecé la maratón de arresto domiciliario muy resigno-motivada e incluso con un poquitín de ilusión, para que luego no digan que me autosugestiono los dramas. Desplegué todos los artilugios didácticos que tenía y me consagré optimista —e ilusa que te cagas— al amoroso entretenimiento de mis rorros. Pintamos un ratito, troquelamos plastilina otro ratito, Lego otro poquito, entre medias algún libro, puzles... En fin, todo lo que sus majestades, los niños de vacaciones, pudiesen desear.

Pero aquello degeneró pronto. Esmerados y diligentes, dejaron de andar para empezar a saltar y acabaron patinando por el salón; dejaron de cantar y la emprendieron a berridos; dejaron los cuadernos y comenzaron a pintar las paredes; dejaron de moldear animalitos y restregaron la plastilina por los cristales.

El caos dominó la situación y cualquier intento de educación responsable se reveló inútil y bastante humillante, hasta el punto de ceder ante «las galletas o la vida» bajo amenaza de llanto simultáneo o boñigadesbordapañal.

Eran mayoría y lo sabían. Estaba acorralada.

Pero he aquí que la sabiduría popular a veces acierta y esta vez lo hizo para bien, con eso de que más sabe el diablo por madre que por diablo, y la tarde del último día de tortura parental a una se le ocurre una idea. Muy mala y muy poco pedagógica. No lo hagan. Nunca. Sólo si se han pillado a punto de pedir ayuda a los servicios sociales para padres o planeando abandonarlos en el bosque.

Consiste en *laisser faire*.

Pero de verdad.

Siéntese en el sofá y no intervenga, déjelos regularse a sí mismos.

Verá lo que ocurre cuando no imparte justicia ante el usufructo inmediato del tractor nuevo. Y lo que desencadena el mirar para otro lado cuando Destroyer atiza al del Rizo y el del Rizo grita. Y lo que pasa cuando el Mayor interviene collejeando al mediano y el del Rizo le remata con mordisco. Y lo que provoca que el Mayor consuele al mordido mientras regaña al mordiente. Y lo que es un bebé soberbio mandando a tomar por culo a todos y mordiendo también al otro. Y lo que implica cabrear al Mayor y llevarse un tirón de rizos a dos manos. Y lo que era de esperar cuando Destroyer duda sobre a quién consolar y acaba cobrando ya no sabe de dónde...

Déjelos un ratito así, y verá como al rato se vuelven desconcertados, suplicando intervención materna inmediata.

Pero espere, contrólese todavía un poco más. Sonría y coja una revista; y, sobre todo, ponga cara de interés y concentración al pasar las páginas.

Uno a uno, acudirán desconsolados —y pelín magullados— a sus brazos, con algún libro que habrán elegido juntos, y dispuestos a regalarle al menos treinta minutos de paz y armonía.

Increíble, ¿verdad?

Y si avista amago de pelea fraternal otra vez, coja de nuevo su revista y déjeles claro que siempre les querrá. A todos igual.

CAPÍTULO 28

El ataque de los pepinos asesinos

¿Ustedes se acuerdan de la crisis del pepino?

¿De aquel mayo de 2011 en el que, de un día para otro, un montón de alemanes se pusieron malos por culpa de una bacteria con un nombre feísimo —en concreto, *Escherichia coli*— y unos cuantos la palmaron?

¿Recuerdan que se les echó la culpa a unos pepinos españoles? ¿Que Alemania bloqueó las importaciones de frutas y hortalizas ibéricas? ¿Que ese bloqueo lo imitaron otros países? ¿Que hubo millones de pérdidas en pocas horas?

¿Se acuerdan de cómo llovió sobre mojado?

Lo que seguro que no saben todavía es que aquí, en las Teutonias, cundió el pánico. Pero de verdad, además. No se hablaba de otra cosa, la gente dejó de ir a restaurantes, de llevar a sus hijos al colegio, y los supermercados esloguearon como reclamo a voz en grito que habían retirado los productos españoles.

A los pocos que se atrevieron a decir que quizás, puede, igual se estaban precipitando en sus conclusiones no se les hizo ni puñetero caso.

Que si los españoles somos unos guarros, que si los recolectores en la Península viven esclavizados y trabajan en condiciones infrahumanas, sin posibilidad de lavarse siquiera las manos, que si las vacas en Almería —en serio… ¿vacas en Almería?— se ponen enfermas por las condiciones infravacunas en las que viven o que si en España se riegan los cultivos con caca.

Éstas eran algunas de las perlas que tuvimos a bien escuchar por estos lares cada vez que el pepino salía a colación; y salía mucho.

Aunque es verdad que, a los pocos días, los medios más serios dejaron de hablar de *Spanischen Gurken* y empezaron a hablar de *Gurken*, *Tomaten* y *Salat* a secas, el daño ya estaba hecho y los pepinos españoles se quedaron en su casa.

No importó que en España sólo se diese un caso —de un señor que, miren por dónde, acababa de volver de Alemania—, que en Almería, cuna de los supuestos pepinos tóxicos, no abunden las vacas —y, que yo sepa, el abono de alacrán no está a la orden del día— o que la Península, después de la cola que trajo la colza, tenga uno de los sistemas de control sanitario más fuertes de Europa.

Tampoco el que aquí los escándalos, higiénicos o alimenticios, sean relativamente frecuentes, ni que no exista la Amukina y la lejía no forme parte de ningún hogar que se precie. O que la fruta y la verdura estén a granel en el 99 por ciento de los supermercados, se pueda sobar, mirar y volver a dejar y la higiene doméstica y personal brille por su ausencia.

Los alemanes no sabrán jugar al fútbol, señores, pero echan balones fuera que da gusto. Nosotros, en cambio, meteremos muchos goles, pero somos unos guarros.

Les confesaré, además, que yo me sentí acosada esos días. No por mi condición de española, no se asusten, sino por culpa de la lejía.

Les juro que me recorrí todas las droguerías a varios kilómetros a la redonda en busca de algún desinfectante alimenticio y en todas me contestaron que eso no existía. Vale. Acabé llevándome lejía; que yo soy muy patriota y no dudo del pepino español, oigan, pero tampoco de que un bicho maligno estaba atacando los estómagos aquí residentes y con tres niños pequeños no era plan.

Pues bien, Maromen se pasó dos meses sin comer ensalada. Ni fruta. Ni siquiera quiso probar los purés. Pensarán ustedes que por la bacteria, ¿verdad? Pues no, fue por la lejía.

El resto de los habitantes del mierdapueblo, en cambio, sí que las tomaron. ¿Y quieren saber qué medidas extraordinarias adoptaron para no intoxicarse?

Agüita y jabón. Aquí, superextraordinario.

CAPÍTULO 29

Born to be wild

Por si alguien seguía albergando alguna duda, insistiré de nuevo en que *Destroyer* no es mote que se adjudique así a la ligera; y mucho menos a un rubio de apariencia angelical recién entrado en su tercer año de actividad extrauterina.

El apodo hay que merecérselo y, sobre todo, quererlo y honrarlo como a un hijo.

Romperse un diente es un buen comienzo. Incrustárselo en la mandíbula y que te lo tengan que sacar con anestesia general es lo que yo llamo una entrada espectacular.

Y así de espectaculares fueron también los comienzos del blondo en la guardería que, con su paleta ausente y sus megapestañas rubias, engatusó desde el primer día a la Rottenmeier del recinto. Una arisca señora a la que nadie había visto sonreír, lleva ahora babero y canturrea risueña por las mañanas. Sólo le falta decir «sí, *bwana*» cuando pía el niño.

Contrariamente a lo que yo temí, este trato preferente no provocó el linchamiento del angelito por parte de sus compañeros. Supóngome yo que el que su hermano mayor le presentase en pueril sociedad haciendo hincapié en el hoyo mandibular, la nueva ubicación del prófugo diente y que casi no había llorado, tuvo algo que ver en ello.

Incluso llegado el momento, unas semanas después de estrenar el curso guarderil, tuve el honor de asistir a la consagración de Destroyer como dueño y señor de los columpios por unanimidad ojiplática y acongojada.

Siguiendo indicaciones del sacamuelas, en cuanto se le bajó la hinchazón al Cuñao, le metí en el coche dirección al hospital. Una vez comprendido que las vacas no tenían tres cabezas ni los prados hacen la ola y que lo que llevaba era un colocón que ya quisiera para sí Pocholo, Destroyer decidió disfrutar del viaje (en todos los sentidos). Gracias a esa pastillita que me recomendaron administrarle antes de salir de casa, el trayecto hasta la clínica transcurrió entre risas flojas, *wooooowyuuuuuhuuuus* en cada curva y conversaciones trascendentales con su mano izquierda.

Que el anestesista necesitase tres intentos para encontrarle la vena tampoco pareció molestar al mico. Impasible, le miraba hacer con altanería y sólo le faltó soltarle: «¿Y a ti, inútil, dónde dices que te han dado el título de medicina?»

El camino de vuelta lo pasó reclamando un *Brezel* que no me quedó más remedio que comprarle; y ese yogur que amorosamente le había preparado pensando en su cosida y doliente encía se lo tuvo que comer una servidora.

Al ir a recoger a su hermano a la guardería, le recibieron como a un héroe de guerra. Todos querían ver los puntos, la sangre y el temple de Destroyer que, ni corto ni perezoso y disfrutando de la atención recibida, le robó la manzana a un camarada y le metió tres *bocaos* chulescos sin inmutarse.

A la mañana siguiente, nada más pisar el recinto infantil, se arrimaron tres mayores a presentarle sus respetos y colgarle el abrigo. De volverse a casa con su mami no quiso saber nada. Así que ahí le dejé, dando órdenes a diestro y siniestro y besuqueado por la del babero.

No les mentiré si les digo que estuve meses esperando con temor a que volviese a casa con un suplente de oro en su *bujero* y me espetase un inquietante: «No quieras saber de dónde ha salido.»

CAPÍTULO 30

Justicia genérica

Sabido por todos es que esto de la maternidad atonta.

En cambio, que la paternidad también lo hace, y mucho además, no tanto. Injusto esto a más no poder, el agilipollamiento paternal se merece un capítulo. Y si, para colmo, el episodio ilustrador en cuestión es digno de pasar a la memoria popular, se trata de un derecho a la altura de una baja maternal en condiciones; o sea, de un derecho de las madres.

Porque es que no puede ser que salgamos a cenar y, antes de sentarnos, acomodemos el móvil en un lugar bien visible —a poder ser encima del plato—; que entre el primero, el segundo y el postre comprobemos setenta veces si tenemos cobertura —y si la tenemos... ¡¿por qué leches no suena?!— y empecemos a ponernos nerviosas según se va acercando la hora de los paseos nocturnos. Ellos, mientras, suelen poner cara de pedo resignado y nos acusan de amargarles el solomillo.

No es de recibo, señores, que salgamos a hacer recados y nos reconcoma la culpa porque nos queda poca batería, o que nos entre urticaria en cuanto se apaga el telefonito. Que algunas incluso nos transmutemos en Antoñita *la Fantástica*, imaginando todo tipo de episodios trágicos y accidentes domésticos, llegando incluso a dejar la compra a medias para volar a casa con el corazón en un puño. Y que ellos, en cambio, no suelan ni traerse el móvil.

No es justo, oigan, que una madre se levante por la mañana con las ojeras repasadas y no pueda contar con los dedos de una mano las veces que ha ido a por agua, limpiado el culo, buscado el chupete, el peluche y arropado sólo esa noche, y el padre tenga los *hueven* de decir que han dormido muy bien, *¿oder?*

Por todo esto y mucho más, los padres se merecen su ratito de gloria vergonzante; sobre todo si se lo buscaron.

Que sí, que sí, que muy familiares y con su mejor intención aquellas Navidades el Maromen, el *agüelo* y mi querido padrino se liaron la manta a la cabeza y se llevaron a siete polluelos de genética emparentada a ver *El gato con botas*; y como además había que desapaletar a los teutoncillos, que son de pueblo, se fueron a verla en 3D.

Haciendo honor a mi histerismo materno, yo me quedé en casa con el pequeño, elaborando complejas estrategias de aplacamiento pesadillil, que un poco ignorantes sí que son mis monstruitos en temas de largometrajes y gatos que hablan, y si además era en 3D la noche prometía movida.

Pero para mi grata sorpresa, los niños volvieron tranquilos y sosegados y la noche transcurrió sin incidentes extraordinarios. Al preguntarles si habían tenido miedo de la dimensión añadida, la respuesta se limitó a un «al final no era en 3D».

Mas, casualidades de la vida, unos días después y por metedura de pata infantil, hasta mis orejas llegaron rumores de que un grupo de entes masculinos acompañando a una tropa de niños y niñas se había visto una película normal con las gafas bicolor bien encajaditas.

Y que, por lo visto, los repetidos intentos de los infantes por quitarse las lentes, «porque se ve mucho mejor sin ellas», no surtieron efecto alguno en sus progenitores que, muy a pesar de lo oscuro que se veía todo y de que el señor gato seguía bien pegado a la pantalla, no cayeron en la cuenta de que el resto de la sala seguía a dos ojos.

Una madre histérica cualquiera, yo misma por ejemplo, hubiese examinado las gafas de arriba abajo a la primera queja de sus niños, ¿verdad que sí? Le habría preguntado al acomodador o al de al lado o al de delante, e incluso visto unos minutos de película a pelo para comprobar si acaso la imagen podría dañar los ojos de sus preciadas criaturitas. Una exagerada, si quieren, pero de seguro que ahora no sería carnaza de anécdota merecida por los siglos de los siglos, *¿oder?*

CAPÍTULO 31

Mi mamá me mima

Mi madre, que se toma muy en serio esto de ser abuela, no se ha dejado ningunear por el alejamiento de nuestras latitudes y ejerce en concentrado cada vez que asomamos el morro por los Madriles.

Reconozco que esta intensidad afectuosa y agasajante me irrita un muchito; pero es que venirme con tres niños de por sí asilvestrados y volverme con otros tantos insurrectos y sobreachuchados nos supone, a sus desdeñados padres, la puesta en marcha de un prolongado y complejo proceso de reeducación in extremis. Si muchos de ustedes sufren las consecuencias de una inocente tarde de domingo en los dominios *agüeliles*, imagínense lo que pueden hacer dos o tres semanas. La hecatombe, sí.

Yo acostumbro a lamentarme y suspirar en estéreo, por si cae esa breva y mis queridos padres desarrollan algo de empatía educativa; e intuyo a posteriori que debe de ser justo el blanqueamiento ocular que acompaña mis quejas lo que me impide apreciar a tiempo que, en realidad, mi mamá me mima a mí. Y mucho, además.

No vayan a pensar que lo que mi progenitora me regala son solitarias micciones o urgentes y apestosos cambios de pañal; que también, conste, pero eso se llama arrimar el hombro y para eso nunca faltan coaccionados voluntarios. Mimar, señores, es otra cosa.

Mimar es arrastrarme de compras y arriesgar su vida bloqueando la entrada a todas y cada una de las secciones infantiles que amenazan nuestro itinerario, por mucho que los niños anden cortos de calcetines. Es abandonarme a la puerta de una peluquería de moda sin móvil y con un vale para acicalamientos y barnices varios, aunque sepa que me van a aguantar dos horas. Es engañarme, haciéndome creer que merito un ratito al día para mí, con premeditación y alevosía y un rímel a estrenar que inevitablemente morirá desecado y por abandono.

Les sonará a frivolidad y despejada cocorota, y puede que hasta se extrañen de que mis actuales ambiciones se limiten a algo de higiene básica y femineidad ornamentada, pero a *Gott* les puedo poner por testigo que, cuando los hijos no han superado el metro y medio —o más bien tres cuartos—, una crema antiarrugas revitaliza el alma y alegra el corazón. Que la maternidad será muy bonita y olerán muy ricos y lo del internado en Suiza suele ser un farol, pero la soledad, el agotamiento y el desamparo maternos son feos de *cojonen*.

Sin embargo, ahí está siempre mi madre, sobredosificándoles las gominolas a unos mientras me extiende bien el quitaojeras; y más pendiente de que me adecente para salir a cenar con amigas que de cuántas veces han cenado ya esta semana los niños tortilla. Vamos, lo que viene a ser el cura-cura-sana de toda la vida, en versión adulta.

Imagínense pues mi sensación de ruptura e indefensión a la vuelta de unas algodonosas semanas en Madrid, y ríanse ustedes del síndrome ese del estrés postraumático.

Varios grados menos, niños desquiciados y un Maromen alemán que, en pocos minutos, abandona sin remedio la alegría del reencuentro para revivir la perplejidad y el desasosiego de sus antepasados durante el desembarco de Normandía. Y la nevera vacía, cuatro calzoncillos sucios debajo de la cama y todos preguntando al unísono que qué hay para comer.

Y la ropa, que ya no huele al suavizante de casa.

¡Mamáááááááá!

CAPÍTULO 32
A demanda

Mucho se habla del pletórico amor que invade a las primerizas, de su chochez posparto, sus prolongadas y babeantes contemplaciones al lactante en propiedad, el olor del susodicho, el instinto maternal y las socorridísimas pezoneras.

No obstante, lo que realmente asedia a las novatas no es algodón de azúcar. Es el miedo.

¿Será este sarpullido el ébola? ¿Se asfixiará con el peluche? ¿Producen úlcera las hormigas?

Como se podrán imaginar, la natural consecuencia de este hormonado canguelo es una tormentosa relación con el pediatra, al que por un lado exigimos pautas matemáticas para sus defecaciones —las del niño, se entiende— y a quien, por otro, acudimos horrorizadas y cabreadísimas cuando no se cumplen. Y es que, cuando una es neófita en esto de los desvelos nocturnos involuntarios, algo hace que dejemos de entender el significado de la palabra «orientativo». Como si no existiese, vamos.

Por suerte o por desgracia, según van pasando los partos, ese apiesjuntillismo histérico muta desenfrenado en pasotismo extremo (o, si es usted abuela, en escandalizadora negligencia).

Lo que para una primeriza es un buen motivo para ir a

urgencias, para una multípara son defensas. Les diré, por ejemplo, que yo estoy convencida de que comer mariquitas frescas aporta un montón de proteínas naturales, y que, chupando los zapatos de sus hermanos, el pequeño cultiva su sistema inmunológico.

Y es que la vida es así, señores, y ser el tercero implica muchos inconvenientes. El mío tiene que llorar más alto para que se le escuche, ajustar sus horarios a la clase de gimnasia del Mayor y heredar ropa y juguetes en dudoso estado. Además, no le peinamos el rizo todos los días —y eso que sólo tiene uno—, a urgencias no ha ido más que de acompañante y la tierra del chupete se la sopla él mismo con su mecanismo.

Pero como no todo pueden ser desaires en esta vida, resulta que ser el benjamín en una familia numerosa también tiene un porrón de ventajas. Para algo servirá tener hermanos mayores despejando el camino y mermando la resistencia de la madre, haciéndola propensa a la resignación instantánea.

Verán, al del Rizo no le han gustado nunca los purés. Ni las papillas. Ni los potitos. Ni las galletas sin gluten. Nada de pijotadas para bebés.

A sus tiernos cuatro meses ya les había echado el ojo a la lasaña, el bistec, las albóndigas con arroz y los bizcochos.

Y ha sido precisamente esa posición lejana que ostenta en nuestra familiar línea sucesoria —y que su atolondrada madre leyó no-sabe-dónde no-sé-qué de la alimentación complementaria a demanda— la que le ha permitido alcanzar su objetivo sin trabajárselo demasiado.

Le bastaron cuatro días de estratégicos escupitajos verduleros a la cara de su progenitora, tres lanzamientos en plancha al plato de sus hermanos, varios intentos de atracción telepática de tenedor ajeno y un par de demostraciones —tengo que reconocer que impresionantes— de masticación avanzada con dos dientes.

Como lo leen. Con media primavera, al benjamín de la casa se le hizo un hueco en la mesa de los mayores.

Y, para sorpresa de nuestro teutón pediatra, no le ha crecido otro brazo. Eso sí, ahora se cuida muchísimo de intercalar en sus indicaciones mi palabra favorita. ¿Adivinan cuál es? «Orientativo», por supuesto.

CAPÍTULO 33

Alemania *ist (nicht) anders*

Yo, que a veces me da por pensar y esas cosas, tengo una teoría. No se hagan muchas ilusiones porque es una memez bastante poco elaborada; pero es que, cuando una no tiene tiempo ni para miccionar a solas, cualquier obviedad verbalizada se parece a inventar la lavadora.

A mi teoría, que me acompaña en las Teutonias noche y día, la llamo *Sobre la Predisposición a tolerar* —¡tiembla, Kant!—; y es que en mis casi nueve años afincada por estos lares, he llegado a la conclusión irrefutable de que cuanto más opuesto es el entorno, más lo toleramos.

Me explico: usted se va, por ejemplo, a la Cochinchina pensando que son rarísimos y dispuesto a dejarse sorprender y todo es guay y cultural. Luego un cochinchino le pellizca el culo y usted duda... ¿Será cultural? ¡¿Será cochino?! Comen perro y no gritan, luego fijo que es cultural.

Sin embargo, usted se va a Alemania pensando que sí, bueno, son rubios y cuadriculados —y muchísimo más civilizados—, pero al fin y al cabo son de aquí al lado y, oigan, hemos compartido Rey y todo. Después un alemán se pone a bañar los platos y no lo duda ni un momento... ¡vaya *peazo* guarro!

A medida que pasa el tiempo y la cantidad comprobada de alemanes baña-platos aumenta, empieza usted a aceptar que son rarísimos y se dispone a dejarse sorprender por su cultura.

Y entonces llega el fatídico momento en el que todo (seguro que) es cultural...

No subestimen el momento pancultural, señores, porque un teutón listo —su *maromen, zum Beispiel*— sabrá aprovecharse de su recién estrenado *Cochinchina-mood*:

Sin ir más lejos, cuando su hermana se casa.

En un castillo muy piji, con guirnaldas de flores y catering.

A tomar por *culen* de tu casa (unos seiscientos kilómetros aproximadamente).

Y te diga —la hermana— que o sea, *bitte*, es superguay y en el castillo tienen suite nupcial y habitaciones para los invitados.

Ideal *von der Tod*, vamos.

Y que como tú tienes tres infantes, pues te ha tocado una grande.

El único problema, te explica, es que no hay muchas...; ergo, os tenéis que aglutinar todos —*au pair* incluida— en una sola.

Cochinchina-mood total, dices que vale, sí, que muchísimas *Dankes*, mientras tantreas mentalmente es-sólo-un-día-es-sólo-un-día-es-sólo-un-día. Ommmmm.

Y como te han visto tan tolerante y tan integrada, han dado palmas con las orejas un ratito y te han recordado los efectos colaterales de que sólo vayáis a disponer de un cuarto...

... que, obviamente, sólo hay una cama. Luego tienes que traerte tú los colchones y resto de accesorios para posibilitar la pernoctación a seis en habitáculo compartido.

Cuando se te ocurre decir, de la manera más diplomática que te puede salir en ese momento, que... eeeeeh... muchas gracias por el ofrecimiento, sé que tus intenciones son buenísimas, pero es que verás... eeeeh..., para ti es mucho más complicado hacerte seiscientos kilómetros con la prole y los colchones que cogerte una habitación en un hotel o pensión o motel o posada o lo que sea...

La pataleta es suprema.

Viendo que no atiende a razones, te pones en modo Estivill total y le aclaras que por encima de tu cadáver te vas a llevar tus colchones de excursión por las Teutonias. Que os vais a un hotel por vuestra cuenta —corriente— y riesgo.

Acordándose de otras situaciones en las que te la coló pero bien colada, Maromen y *familien* intentan hacerte comprender que es que aquí se hace así. Que Alemania *ist anders*.

Y tú dudas, claro... ¿Será esto cultural? ¿Serán estos hippipollas?

Hasta que un día, por pura curiosidad antropológica, decides preguntar por ahí a tus amistades autóctonas, con la mayor delicadeza posible, si es normal aquí eso de «mudarse» a las bodas.

El descojone generalizado te hace deducir que no, no es normal. Luego son hippipollas integrales. Sin duda alguna, además.

Huelga decir que los colchones no asistieron al evento; pero no por decisión mía, ojo. Fue el Maromen, al que más a mano tenía para esto del terror psicológico, el que decidió dejarlos en casa; y es que, hasta el enlace, no hubo día en el que no expresara mis dudas sobre qué plato llevarme o si, con lo favorecido que está comiendo con pala, deberíamos considerar meter en la maleta los cubiertos de pescado.

CAPÍTULO 34

Dientes dientes

Que mis *polluelen* me diesen el susto de mi vida es, de nuevo y como siempre, culpa mía y sólo mía. Lo sé.

Porque el día que mi primogénito, con cuatro años todavía, les preguntó a sus amiguitos si preferían café o té, debería haberme percatado de la buena nota que toman de cada uno de mis pasos.

Yo, que alardeo de —y les amenazo con— tener ojos hasta en la nuca y de saber toooodo lo que hacen y quién ha pegado a quién primero, no soy más que una ilusa. Los veo tan concentradísimos saltándose los dientes, persiguiendo al gato del vecino o pintando crucifijos, que pienso que no me ven —ni les importa—cuando me pongo doble de azúcar en el café.

Pero no, señores, porque ellos saben perfectamente que, cuando se me pone cara de pez aburrido —en esos días del mes—, más les vale darse prisa en merendar, no vaya a ser que les robe la Nutella y, si me apuran, hasta la tortilla de la cena; que el día que me subo a unos tacones y les hago galletas —clarísimamente ovulando— tendrán sesión doble de Pocoyó y ropa almidonada; que cuando tengo hambre no insisto demasiado y acabo recogiendo yo todos los juguetes; o que cuando estoy al teléfono con mi hermana tienen vía libre para pintar las paredes, encestar chupetes en el váter y tragarse la pasta de dientes.

Háganse un favor y no subestimen a los niños; sepan que, además de monos de imitación, son listos de *cojonen*.

Nada más cumplir tres primaveras hay que empezar a andarse con cuidado. Que no le oigan pedirle a su *maromen* que recoja él la cena, que usted está premenstrual y le duele todo, porque le dirán lo mismo cuando señale acusadora el Lego esparcido por el salón; o contarle a su amiga que tiene un rímel estupendo que no se va con agua, porque lo codiciarán para pintarse cejas de pirata y una perilla.

Sobre todo tengan especial cuidado con aquellos temas que, a primera vista, no parecen comprometidos. Porque ya me dirán si el que la *Frau* dentista haya tenido a bien ponerme un bozal para prevenir mi desencajamiento de mandíbula por las noches les parece un tema delicado; y ya ni les digo mi posterior comentario sobre el notable rechine nocturno de dientes del mediano.

Así a priori como que no parecen asuntos comprometidos, ¿verdad?

¡Ja! Espérense unos días y verán.

Yo, por ejemplo, una noche normal de esas que les oía trastear y revolotear cuando deberían estar roncando, subí como siempre, haciendo hincapié en cada escalón —por eso de que les diese tiempo a meterse en sus camas y hacerse los dormidos—, y me asomé estrepitosamente a su cuarto con cara de Grinch cabreado; y cuando ya me estaba yendo, mi cerebro registró algo nuevo, fuera de lo común en esas caritas angelicales aguantándose la risa. Y entonces, claro, me acerqué... y no me dio un infarto porque acababa de cumplir los treinta y respiro aire campestre a diario.

Lo peor es que cuando volví al salón con los objetos confiscados el Maromen hizo la croqueta; y que casi le remato a carcajadas cuando le conté que el Mayor, con esa gracia impertinente que tiene para regalar lecciones de la vida, intentó vendérmelo como superfavor, no se fueran a desencajar la mandíbula por la noche y hubiera que ir al hospital y sacar al del Rizo a esas horas con el frío que hacía.

Muy cachondos, sí, pero las dentaduras de vampiro, a partir de ahora, no se sacan del salón. He dicho.

CAPÍTULO 35
El señor de las moscas

Retiro todo lo bueno que he dicho de mis hijos. Absolutamente todo.

¿Han leído *El señor de las moscas*? Pues si no lo han hecho ni se molesten, que ya no les va a hacer falta. Léanme a mí, que soy mucho más corta —en sentido *literario* también, sí—, y llegarán a la misma conclusión.

Lo que yo les voy a contar, además, es mucho más factible que el que sus polluelos acaben en una isla desierta sin adultos a la vista; así que más vale que se vayan haciendo a la idea de que lo que ocurrió en mierdapueblo les puede pasar a ustedes también..., en cualquier momento... Ahora suenan rayos y truenos y lluvias monzónicas... y un piano gótico...

La tarde fatídica del infortunio en cuestión sonaban también, para variar en las Teutonias. Era uno de esos días en los que una ya no sabe qué más inventarse, con qué entretenerlos, qué darles; en los que se acaba una planteando seriamente si atarlos o encerrarlos o regalarlos o comprar una tele. Uno de esos días.

Les suena, ¿no?

Siendo una además humana como es y siendo muchas —demasiadas— las horas sola con los tres, cualquier faena doméstica, por muy fastidiosa que de normal resulte, pasa a convertirse en un preciado reducto de humanidad adulta. Pelar patatas, tender la ropa o sacar la basura, en esas circunstancias, equivalen a asomar la cabeza un momento y respirar.

Y fue precisamente al sacar la basura, corriendo en zapatillas bajo la lluvia, cuando oí la puerta cerrarse tras de mí. Bah, pensé, ahora me abre cualquiera de los tres. Pero cuando llamé al timbre cuatro nanosegundos después, asomó el Mayor su cabecita y, a través del cristal de la puerta, empezó con sus preguntitas (de los cojones). «¿Por qué llamas? ¿Por qué has cerrado la puerta? ¿Nos has encerrado? ¿Por qué sales tú si nos has dicho que hoy no se puede? ¿Te estás mojando? ¿Mucho?»

Juro por *Gott* que conseguí controlarme y no gritar y que no se notase que me estaba poniendo de los nervios; y que estaba a puntito de abrirme la puerta, a puntito, hasta que Destroyer apareció por detrás metiéndole *bocaos* inhumanos al medio bizcocho que llevaba en la mano. Indignadísimos ante tamaña injusticia, los otros dos no dudaron en abalanzarse a por su parte, dejándome a mí, espectadora olvidada e impotente, al otro lado del acristalado portón.

Después de una explosión de migas, varios llantos, tirones de pelo y juramentos en arameo, del bizcocho no quedó nada. Y yo, pensando que había pasado lo peor, me atreví con unos golpecitos discretos en la puerta... «¿Me abrís yaaaaa?»

El Mayor, secándose las lágrimas, se encaminaba abatido hacia el picaporte: «¡Mamá, no es justo! ¡Se ha comido todo el bizcocho él solo!» Y yo, que me pudo la impaciencia, la pifié... «No te preocupes, cariño, que ahora te hago un sándwich de Nutella...»

Justamente «¡¡¡¡Nutellaaaaaaaaaaaaaaaaaaaa!!!!» fue lo último que escuché antes del caos.

Encontrarse en zapatillas de casa bajo la lluvia, aporreando la ventana de tu cocina mientras tres enanos salvajes descojonados y ultrafelices se dedican a comerse la Nutella con la mano —sí, han leído bien, con la mano entera— en el suelo de la misma es algo que le deseo de todo corazón a mi peor enemigo.

Que después de acabar con el bote, con esas mismas zarpas chocolateadas, se dediquen a saltar por el sofá y hacer guerra de cojines mientras tú aporreas las ventanas del salón, no se lo deseo ni al mismísimo diablo.

Desalentada, me senté a llorar bajo la lluvia; pero no me vieron.

Y mientras me lamentaba por mi estupidez y su salvajismo y por la lluvia, la basura y porque el mundo es una mierda, las vi. Ahí tiradas, tan inútiles en días lluviosos e incondicionalmente adoradas cuando luce el sol, estaban sus bicicletas.

Algunos lo llamarán maltrato psicológico. Yo lo llamo apego a mi dignidad.

Lo siguiente que oyeron mis queridos tormentos fueron unos golpecitos en la ventana y una dulce voz de pérfida que ni la bruja de *Blancanieves*...

«Niñooooooooooos... ¿Habéis visto lo que teeeeeeeengoooo?»

El espanto en sus ojos me confirmó que iba por buen camino. Todavía tuve que deshinchar tres ruedas sonriendo bajo la lluvia, pero conseguí que abriesen la puerta como si la casa estuviese ardiendo.

Cuando el teutón volvió de trabajar, como siempre, no quedaba ni rastro de la tragedia. Algún día quizás le cuente por qué se cuadran cuando señalo por la ventana y onomatopeyo la agonía de una rueda.

Pssssss psssssssss psssssssss.

Muahahahahahahaha.

CAPÍTULO 36

Suicidio homeopático

Con frecuencia me pregunto si acaso esa habilidad infantil para ser extremadamente sigilosos cuando gamberrean es innata. Otras, si no será más bien la extenuación física y mental la responsable de que pospongamos, sólo un poquito, el echar un ojo cuando el silencio en casa resulta poco menos que sospechoso.

En cualquier caso, mis polluelos parecen haber comprendido qué hora es la ideal para poner en marcha alguna de las suyas; y nosotros, sus ajados padres, debe de ser que no escarmentamos de las sesiones de peluquería mañanera ni de las torres de Lego a las tantas de la madrugada.

Supóngome yo que el que mis progenitores me repitiesen durante años con machaque que por la noche se duerme y que el mutismo es lo natural para realizar esta actividad, me dificulta ahora la asociación de ideas y, por más que lo intento, no consigo terminar de apandillar la nocturnidad con la alevosía.

Así que por las noches dormimos; y por las mañanas descubrimos qué sería recomendable atesorar bajo llave antes de meternos en la cama.

Tijeras, objetos afilados varios y juguetes verbeneros tienen su lugar seguro en esta casa. Se custodian en nuestro atrancado baño. Se mee quien se mee.

Porque un sábado por la mañana cualquiera, un *cling cling* recurrente nos expulsó del catre con inquietud, para descubrir a Destroyer de gira por el baño. Por la cantidad de cosas dispersas que tapizaban el suelo, debía de llevar ya un buen rato ahí.

Todavía con la legaña adherida, tardé unos segundos en discernir que aquel chasquido vidrioso lo estaba produciendo nada más y nada menos que el rubio maléfico musiqueando con varios botes de glóbuli... vacíos.

Bordeando la hiperventilación extrema y devorado por la culpa, Maromen juraba por *Gott* que los tarritos de marras descansaban en lo más alto de la más alta estantería el viernes. Y que estaban llenos. Ergo, el niño se había tomado una sobredosis —de Euphrasia, Nux Vomica y Apis Mellifica—, y debía de estar a puntito de colapsar.

Digo a puntito, porque el angelito relucía lozano cual lechuga y, conmovido por la ausencia de rapapolvo, aprovechó para mendigar «más chuches».

Que el pánico se había desatado lo noté en cuanto vi aparecer por la puerta a mi suegra, bordeando la histeria e implorando una carrera al hospital, una regurgitación forzada inmediata y una tila (para ella). Y ya estaba el Maromen volandeando al desconcertado enano, cuando conseguí localizar a la Tía Hierbas, que prometió personarse enseguida.

No se me malinterprete, ojo, que yo las dotes curativas de la tía homeópata no me las creo; pero ¿no se dice eso de que los enemigos de mis enemigos son mis amigos?

La chamana familiar llegó serena, miró al niño, miró los botes, volvió a mirar al niño, volvió a mirar los botes y dictaminó que la visita al hospital no sería necesaria. Que observáramos al rubio durante el día, eso sí, que los glóbuli en principio no tienen efectos secundarios —ni primarios, me susurraba granuja mi voz interior—, pero que a saber.

El explorador pasó un día normal y a día de hoy sigue sin dar muestras de intoxicación o nihilismo trascendental de ningún tipo. Maromen le acecha todavía preocupado, intentando descifrar qué será será lo que habremos pifiado para tener un niño suicida.

Lo que el pobre infeliz no sabe es que «chuches» no son «pastillas» en español y que la criaturita no será un artista atormentado y genial, sino más bien un activista porculero que, probablemente, organice suicidios homeopáticos colectivos por doquier dentro de unos años.

CAPÍTULO 37
Esta tarde hay una fiesta

Vaya por delante que yo a mis colegas teutonas de Rabenmutterismo las quiero, las adoro y, si hace falta, hasta les compro un loro.

Somos cuatro, como los jinetes del Apocalipsis, y nuestra amistad es, como toda relación madura y tardía, totalmente desapasionada y bastante respetuosa. Vamos, que no pegamos ni con cola pero hacemos como que sí.

Y es que el Rabenmutterismo une mucho, oigan, sobre todo porque el agudo teutonismo que las caracteriza —a ellas, claro— ayuda a que las discusiones sobre lactancias, homeopatías y demás temas maternoescabrosos acaben con una ronda de cervezas y a otra cosa mariposa.

Nos llamamos, nos vemos, reímos, lloramos y, a veces, nos emborrachamos. Así que cuando, durante una conversación telefónica, la Moderna me comentó que el hijo mayor de la Ayurveda tenía el sarampión, mi primera reacción fue totalmente inconsciente. Pensé que vaya putada, como hubiese pensado cualquiera, hasta que caí en la cuenta de que su hijo mayor está a puntito de cumplir los seis.

Y ahí estaba yo, haciéndole vudú mental a su pediatra y a la empresa farmacéutica, cuando un *ring ring* interrumpió mis teorías conspiranoicas: una eufórica Ayurveda al teléfono me convidaba esa tarde a su *Haus* a tomar café al acecho de polluelos en proceso de socialización.

A mi extrañado tono preguntando si no estaba su niño con sarampión, me contestó alegre y dicharachera que sí, y que además la niña también.

Pelín aturdida y algo mosqueada, eché mano de mi ibérica diplomacia, esa que destaca por el retoricismo de sus preguntas, y me hice así como la que no quería molestar porque ¿no se encuentran muy mal como para jugar? ¿No llevan todo el día en la camita? ¿No les pica una barbaridad?

Que *nein*, me dijo, para nada. Así que no me quedó otra que confesar la verdad; que mi benjamín todavía no estaba vacunado de *Masern* y que no me acordaba de si el mediano tenía ya el recuerdo o no. Mejor nos vemos otro día.

Fue entonces cuando mi *Freundin* comprendió mi estupidez y, controlándose las ganas de collejearme por teléfono, tuvo a bien explicarme, con sobrado retintín, que precisamente por eso me llamaba, para ahorrarme las vacunas. De *naden*, maja.

Con un par.

Un «verás, yo es que soy de vacunas» bastó para concluir con pacifismo una absurda conversación telefónica, que transmutó en acalorada discusión a cuatro cuando el *Masern* fue derrotado sin mayores complicaciones por los respectivos sistemas inmunológicos de sus *polluelen*.

A capa y espada defendía ella su rechazo a las vacunas y convencida estaba de haber salvado a sus hijos del autismo. La cuarta del tropel, boticaria de profesión, intentó explicarle que a ese del autismo le habrían regalado trajes y que el *Masern* es azaroso y bastante puñetero, que hasta suena como a *Asesino de Maseeernnn*. Creo que incluso le hizo un croquis. Pero nada, que no.

Confieso que yo, de letras y con un par de cervezas, tampoco entendí bien los esquemas de la farmacéutica, ni la mitad de sus explicaciones a lo gafapasta de laboratorio. Pero como no soy teutona —y sé que por eso en ocasiones se me perdonan cosas—, me permití el lujo de dar un puñetazo retórico en la mesa. Por mis *cojonen*, vamos.

Lo que une el Rabenmutterismo lo separan los polluelos en un pispás; porque se llega a contagiar alguno de los míos y no pasarlo tan inocuamente como los suyos, y me la como con *kartoffeln*. Que no vayan a la misma guardería le ha salvado la vida. A ella.

Esto último le dio que pensar. Bueno, esto o mi tozuda determinación de finiquitar las tardes de juegos y marujeos; por lo menos hasta que mis rorros hayan terminado con todas sus vacunas.

CAPÍTULO 38

El arte de la guerra

Aunque sé que a veces no doy esa impresión, yo me preocupo muchísimo por darles una educación coherente y racional a mis hijos.

A veces grito. Y amenazo. Y lloro. A veces paso. Y cedo. Y miro para otro lado.

No obstante, de vez en cuando se hace necesario echar mano del cerebro —que digo yo que alguna utilidad tendrá— para elaborar una estrategia retorcida, pacífica y, sobre todo, con visos de aplastante victoria. Digna del mismísimo Herr Sun Tzu, vamos.

Sin ir más lejos, cuando al Mayor, ese impertinente con dos dedos de frente, le da por experimentar con armamento psicológico.

Como de momento está más cerca de los dos que de los dieciséis años, estos conatos de manipulación anímica suelen mantenerse dentro de la ocasionalidad y la mínima relevancia. En contenido, quiero decir, porque lo que es en obcecación ha salido *calcaíto* a su madre y la cosa se suele alargar más de lo esperable.

Pero se dice, se cuenta, que el diablo sabe más por madre que por diablo; así que, en estos flemáticos duelos de poder, tengo —al menos durante unos años— todas las de ganar porque... lo digo yo y punto.

El primer incidente psico-belicoso en esta casa empezó con un virus estomacal canalla, que tuvo a los dos pequeños alternando sus cabecitas en el váter —y en todas las camas, dos alfombras, el sofá y el pasillo al completo— un fin de semana entero. Unos días más tarde, cuando la cosa ya había mejorado sustancialmente por arriba, empezó a dar por saco por abajo. Tanto lo dio, que incluso hubo que rescatar polluelos «embarrados» de la guardería en días consecutivos.

El Mayor, de salud por lo general envidiable, descubrió el poder de sumarse al canturreo infantil general y quejarse y quejarse y llorar y exigir que venga a buscarle su mamá.

Harta ya del «me duele muuuucho la tripita» —con diminutivo incluido, no se crean que el niño se anda con tonterías—, y viendo que con *Pedro y el lobo* sólo concluía lo tediosa que debe de ser la vida del pastor de ovejas como para tener que inventarse que viene el lobo, no me quedaban muchas alternativas.

Regañarle me pareció la más adecuada cuando un miércoles a media mañana me tuve que personar en la guardería a recogerlo —porque le dolía taaaaaaaaaaanto la trip*ita* que llevaba una hora sentado en una esquina con cara mustia— y, nada más verle, supe que era puro teatro.

Pero mis neuronas, gracias a *Gott*, actuaron rápido y me alertaron a tiempo sobre la conveniencia de un cambio de estrategia. Fui obediente: según salimos de ahí me lo llevé al pediatra que, después de una exploración cosquillosa ahí donde en teoría le dolía taaaaaaaaaaanto, recomendó —guiño de ojo a madre incluido— dieta estricta.

Tee y *Zwieback*. Y mucho amor. Ríete tú de la dieta Dukan.

Así estuvimos tres eternos días, siguiéndole la corriente al pobre*cito* y matándole de hambre. Pero el niño, a pesar de estar como unas *castañuelen* y mirar con ojos golositos —lará-

lará-larito— las delicias que engullían sus hermanos, nunca confesó que nos la quiso meter doblada.

Como dije, *calcaíto* a su madre. Eso sí, ese devastador virus estomacal que padeció con estoicismo fue el primero y el último.

CAPÍTULO 39
No problem

La primera vez que comenté en España que teníamos una *au pair*, casi me hacen pagar la cena.

Pero es que, claro, habiendo como hay externas, internas, abuelas y jardines para infantes, una *au pair* es algo así como el último eslabón en la cadena del cangureo. La fanfarronería, el antojito.

Regalarse una adolescente sajona, lechosa y pelín sosaina que les canturree el *pollito chicken, gallina hen* a sus retoños un ratito por las tardes es de ricos. O de alemanes. Un lujo innecesario al alcance de unos pocos afortunados, pensarán. Y yo, sin dudarlo, hace unos años les habría dado la razón.

Ahora no. Ni de *koñen*, vamos.

Que Alemania será el motor de Europa, no digo yo que no, pero la proliferación de *au pairs* no es síntoma de riqueza. Lo que ocurre aquí, señores, es que a falta de externas, internas, abuelas y guarderías, las *au pairs* son el clavo ardiendo al que nos agarramos muchas madres con aspiraciones a redundar fuera del dulce hogar. Las malignas *Rabenmutter*, sí.

O ya me dirán si alguien en su sano juicio elegiría a una británica pubertosa sin pajolera idea de español y con muchas ganas de marcha antes que a su madre, la guardería del barrio, la bilingüe del barrio de al lado o la Juani para cuidar de sus rorros. Que no.

La inexperiencia total de muchas de las mozas y, sobre todo, su empadronamiento mental en la parra durante la mayor parte del día tampoco ayudan. Y no se crean que exagero, no, que miren que mi madre me machaca con mi proteccionismo desmesurado y mi poca fe en las capacidades espabilativas de cualquiera de mis polluelos, pero yo sé de lo que hablo.

Haz la prueba —me decía—, déjala con los tres y vete a la compra tranquila. ¿No eres... digo eras tú igual de desastre? ¿No existen los móviles? ¿No dices que hay bomberos en el mierdapueblo?

Tanta coña me dio mi madre y tan alegremente me dijo la lechosa que *don't worry*, que una horita sola con los tres era *no problem* —y que le trajese *chips, please*—, que me marché al súper cavilando sobre la posibilidad de una percepción desproporcionada por mi parte de la malicia de los polluelos.

Llamé nada más meterme en el coche y en dos semáforos. En el tercero, la *au pair* me hizo jurar que no volvería a hacerlo, que ya llamaría ella si pasaba algo. Y así me pasé la siguiente hora y media, mirando el móvil cada treinta segundos. Confieso que llegué a apagarlo y encenderlo un par de veces, por si acaso se había atascado o algo y no me había dado cuenta, que a mí tanto silencio me daba mala espina. Incluso llamé a mi madre en el pasillo de los congelados, para pedirle que telefonease a casa a ver qué tal, si seguían todos vivos. Me llamó loca y me colgó el teléfono.

Con el coche lleno y la radio apagada —ya saben, por si suena el móvil—, mi tranquilidad fue aumentando a medida que me acercaba al mierdapueblo. Me juré a mí misma que intentaría ser menos leona y que delegaría más, que la próxima vez disfrutaría de la escapada, de la compra en solitario, que incluso me tomaría un café. O un gin-tonic.

Pero fue abrir la puerta de casa y saber que ese gin-tonic no iba a existir nunca.

El móvil nunca sonó porque nadie pudo marcar mi número. Y digo pudo, porque la rubia estaba en *troubles*. En concreto, con el brazo aprisionado por los barrotes de la cuna.

Los niños juran que la retaron a meterlo hasta el hombro, como ellos. La historia de la *au pair* es mucho más rocambolesca. Mas al final lo que importa es que yo tenía razón; y que no he vuelto a ir sola a la compra.

CAPÍTULO 40

Yo por mi hijo PA-TA-LE-O

No es por tirarme el pisto pero, después de casi nueve años por las Teutonias, se puede decir que estoy más que requeteviajada y que, como tal, soy perfectamente consciente de la pesadez y peligrosidad potencial —y real— de mis polluelos.

Y la asumo, oigan. Y la intento aplacar. Y reducirla al mínimo indispensable. Y me equipo. Y preparo con esmero cualquier desplazamiento como, por poner un ejemplo recurrente, un vuelo en solitario con los tres.

Con movimientos sincronizados, estrategias estudiadas y dosis ingentes de paciencia, me adentro siempre persignada en el aeropuerto que me corresponde con varias bolsas de gusanitos, tres niños y un arnés. La película.

Les advierto que nunca faltan sofocos varios, un par de sustos, sobornos gusaniles a tutiplén y forzoso pasotismo durante la contemplación de reboce infantil por suelos aeroportuarios. Pero, sobre todo, lo que realmente abundaba son los perdones, discúlpemes y lo sientos a diestro y siniestro.

Hasta que hace unos meses me agarré un descomunal rebote seguido de una apertura de ojos radical.

Y no por culpa de los polluelos, no se crean, sino por la población adulta viajera y aerolineal.

Porque vale que los niños son... ¿niños?, y que corren,

saltan, juegan, cantan, a veces ríen, a veces lloran, piden más gusanitos y bajan y suben las ventanillas varias veces, pero ¿qué *koñen* pretende la gente? ¿Que los apague como al móvil en cuanto los saco de casa?

Se cae en la cuenta tras varios años volando con anexos de todas las edades, después de que te hayan hecho pasar vergüenza y sentirte mal indiscriminadamente por cada movimiento infantil, ya sea patalear el asiento delantero o pedirle agua a su madre.

Hasta que te tocan las gónadas. Y a dos manos, además.

Preocupadísima siempre por la tranquilidad y la comodidad del resto de los pasajeros y personal del aire, angustiada por sus siestas, sus lecturas en paz y armonía, sus cafés extasiantes observando las nubes y demás, llega un día, un viaje, un momento del mismo, en el que das cuenta de que ellos están preocupados por lo mismo que tú, es decir, SU siesta, SU café y SU libro.

Me fueron preparando, como siempre, con la desilusión en la mirada en cuanto divisaron mi acompañamiento infantil, continuaron despidiéndose con aflicción en voz alta —para que me quedase constancia— de su ansiada siesta, y emprendieron con arrobo una feroz crítica a mis esfuerzos aplacantes a base de chasqueos de lengua y bufidos cada vez que un infante abría la boca, ya fuese para comentar un libro, gritar yupiiii al despegar o, si me apuran, hasta para respirar.

A todo esto yo lo estaba pasando fatal, claro; me sentía reprobada con cada rotación de cabeza y cada mirada homicida y les iba suplicando que sssshhhhh a todo, sujetándoles los pies, inventándome juegos inmovilizantes, susurrándoles cuentos emocionantes y comprando su estatismo con chucherías de todos los colores.

Y fue justo en un momento de paz y armonía absoluta, en el que estaban entretenidísimos y calladísimos y tranquilísimos coloreando en sus mesitas, cuando el gilipollas supremo, el que estaba sentado delante de Destroyer —el mismo que se pasó por el forro el embarque preferente y casi me pisa para entrar antes que nosotros—, echó su asiento para atrás sin mirar ni preguntar ni cortarse un pelo.

El niño, aviso, se indignó más por la reducción desprevenida de su espacio que por el toquecito que se llevó en su inclinada cabezota; y a mí, que me disponía a acallar el llanto atronador del infante con mi ssssshhhhh de rigor, casi me llevan los *demoños* cuando el ente trajeado se puso a chasquear la lengua mientras intentaba pulverizarnos con la mirada.

Si no llega el niño a coser a patadas el respaldo delantero, juro por *Gott* que lo hago yo. Cuando el anormal osó abroncarnos por nuestro salvajismo y poca consideración cívica, tuve la amabilidad de recordarle que en *Business* quedaban billetes. Y atrévase a aplaudir cuando aterricemos, paleto.

Desde ese día, yo por mis hijos PA-TA-LE-O. El modo zen en desplazamientos lo reservo para ellos. Y al resto, o colaboramos todos o los gusanitos al río. Hua hua hua.

CAPÍTULO 41
¡Funciona!

Para todas esas madres con complejo de disco rayado y sentimiento de culpabilidad agudo y machacante traigo buenas noticias.

Señoras, sepan que... ¡funciona!

Nos damos cuenta tarde, eso sí, cuando ya habíamos perdido la esperanza.

De repente, un día así por las buenas, te enteras de que el que tu hijo mayor empiece el curso que viene el cole depende estrictamente de sus *Sozialen Kompetenzen*.

¿Entschuldigung?

Lo que leen, oigan. Que da igual que la criaturita no sepa contar, ni lo que es una letra, ni agarrar un lápiz a sus seis primaveras. Lo que importa en las Teutonias es que sea independiente, no dé mucho el *koñacen* y ande bien de reflejos. Atarse los zapatos, limpiarse —bien— el culo, ir a por el pan o llamar a una ambulancia son los patrones por los que se evalúa la madurez de los escolares en potencia por estos lares.

Ya que estamos, a mí me gustaría añadir a la lista que pudiese ducharse solo, preparar la cena, planchar camisas y tender lavadoras. Mas en esta perra vida no se puede tener todo, y pretender que un mico de seis años pase de emperador abroncado a miembro igualitario y responsable de la República Independiente de su *Haus* requiere pelín más de entrenamiento.

Pero volviendo a los básicos, comprenderán pues que, en cuanto tuve noticia del rasero escolarizante, nos pusimos manos a la obra y abandonamos el mi-mamá-me-mima-mucho para empezar con los cordones y el teléfono.

Cuando consiguió aprenderse el código de su *Oma* se puso tan contento que la buena mujer tentada estuvo de solicitar cambio de número alegando acoso y derribo. El día en que, aprovechando mi ausencia por cambio de pañal *cagao*, el competente social en ciernes se dedicó a llamar para relatar cómo su madre se había marchado a la compra y le había dejado a él a cargo de sus hermanos, decidimos que el 112 lo dejábamos para más adelante.

También fracasamos en lo de limpiarse —bien— el culo. Debía de ser que el niño se sentía abandonado en el frío retrete y decidió darnos a elegir entre el papel higiénico o la cadena. Pensando en la salud aromaterapéutica de toda la familia y tras arduas negociaciones, acordamos que si él apretaba el botoncito, nosotros le remataríamos el culo. Otro punto para él.

Dando ya por perdida la exitosa escolarización del Mayor, decidimos embarcarnos en un último experimento; pero así ya como desganados y sin azuzarle demasiado. Aprovechando nuestra vaguería de sábado por la mañana, le mandamos a él solito a comprar bollitos para desayunar.

Y ahí que salió él todo mono, con su listita y diez euros, izquierda-derecha-izquierda cruzó la calle y regresó a los pocos minutos sano y salvo, ofendidísimo con nosotros por no haber apuntado cruasán para Destroyer y porque le había costado *Gott* y ayuda convencer a la panadera de que la lista era sólo orientativa.

La moraleja de la historia, sin embargo, nada tiene que ver con amoríos fraternales y equidad pastelera. Resulta que mi amiga la Boticaria, en el mismo lugar y a la misma hora, fue testigo desapercibido de algo inaudito. Y es que a la señora de los panes le debió de hacer gracia el hombrecito, su mochila o su gracejo innato y, al irse, le ofreció gominolas.

Un «¡pero si es por la mañana!» fue el primero de una retahíla de reproches sobre salud, alimentación, caries y lo que le había dicho su madre que duró unos cinco minutos de reloj, dejó boquiabierta al resto de la clientela y muy avergonzada a la irresponsable panadera.

A mí muy tranquila, todo sea dicho, que saber que mis rorros sólo se comportan como incompetentes conmigo es un gran alivio. Aunque ahora que lo pienso, cuando estoy con mi madre yo también me pongo de un ñoño que no hay quien me aguante.

CAPÍTULO 42

Réquiem por un tablero

Pusimos anuncios en todas las nubes, ofrecimos más del doble de la tarifa normal, seguro a todo riesgo, vacaciones pagadas...

Pocos fueron los valientes candidatos y, después de descartar a los que tenían antecedentes infernales y/o ninguna experiencia en Destroyers, sólo nos quedó uno.

Para ser sinceros, no era tan malo el nuevo angelote. Sí que es verdad que no tenía muy dominado el tema frentecantos de las mesas o que no era muy rápido en manos-vitrocerámica, pero por lo demás estábamos bastante contentos.

Hasta una mañana de lunes, que nos dejó plantados sin previo aviso.

Nada más encender mi ordenador, y justo cuando me disponía a empezar a ganar euros, escuché a través del teléfono a la Rottenmeier babeante vociferar frases inconexas plagadas de expresiones acojonamadres: *Platzwunde!* (*Platz* = explotar; *wunde* = herida, tomayá), *Kopf!* (cabeza), *Nähen!* (coser), Destroyer*cito*!

Veloz como un rayo y sin despedirme de nadie, abandoné mi puesto de eso-que-me-hará-libre y volé al lugar de los hechos.

Y allí me encontré al Cuñao en brazos de la de las babas, que por un rato laaaaargo fue la de las lágrimas, cantando el cura-cura-sana teutón y con unas gasas en lo que antes era un intacto, suave y precioso párpado derecho de bebé.

Apartar la gasa e hiperventilar fue todo uno: tres centímetros de largo y, así a ojo de *Mutter* histérica, los mismos de profundidad, borboteando sangre alemañola.

Les advierto que el niño cantaba el cura-sana con una alegría que ya quisiera para sí el ratón de Susanita, y que sólo frunció la boquita y soltó un par de lagrimones cuando vio a su madre al borde del colapso por-mi-hijo-ma-to.

Según me contó una compungida profesora, el angelito se encaprichó por sus *hueven* justo del puzle que estaba justo un par de baldas más allá de su cabeza y, por supuesto, justo justo debajo del tablero de ajedrez. De madera, *natürlichmente*. Y justo en un despiste de todos los adultos por tropecientos niños que hay, sacó el puzle en cuestión; y el tablero de ajedrez, que comprensiblemente debía de estar aburrido cual ostra en una guardería, decidió acompañarle. Pero eso sí, por su cuenta y riesgo gravitacional.

Por si a alguien le interesa, el tablero ya no se encuentra entre nosotros. Pobre, no pudieron hacer nada por él.

El párpado de Destroyer, en cambio, ostentó orgulloso durante diez días una estupenda colección de tiritas de esas modernas que ponen ahora en vez de puntos. Y el tamaño de un huevo.

Comprenderán ahora que nos planteásemos seriamente comprar un casco para el rubio contuso. Las sabias educadoras, sin embargo, nos desaconsejaron el desembolso. Lo que no me queda claro es si cuando nos dijeron que era por seguridad se referían a que así minaríamos su personalidad o estaban protegiendo al resto de su alumnado.

CAPÍTULO 43

De segunda

De todos es sabido que las segundas generaciones lo tienen complicado. Les acecha un mal terrible, de esos que nadie se toma en serio, que todos ningunean, pero que puede tener consecuencias devastadoras. Y si no me creen, miren a los Flores o a Paris Hilton, que no terminan de hallarse ni en su propio caldo.

Este mal es inevitable. Lo sufren todos los de segunda (generación). (¿Ven? Si hasta el nombre es despectivo.)

Son pero sin serlo del todo; tienen un concepto de hogar dulce hogar bipolarizado; ni chicha ni limoná, ni contigo ni sin ti. Viven aquí pero son de allí. Pero también de aquí. Pero las fiestas de guardar las pasan allí. Algunas. Otras sólo las hay allí pero otras sólo aquí. Y a veces las de allí las celebran aquí y las de aquí allí.

¿Se han liado? Pues imagínense a una pobre criaturita sin voz ni voto ni culpa ninguna de que, en este caso particular que nos ocupa, su madre conociese a un teutón macizo la segunda semana de su ciclo coincidiendo con luna llena en una fiesta rockera en los Berlines.

Imagínense a esa pobre alma cándida paseada en faldón con lazos por Friedrichshain —no pongan esa cara, que por aquel entonces estaba lleno de punkis con tutú y juro por *Gott* que no desentonaba nada—, dejándose consolar ahora por mamá ahora por papá y sus respectivos y opuestos registros fonéticos, que el infeliz ya no sabía si le regañaban por caerse o le festejaban la metida de dedos en el enchufe.

Figúrense la vida social de ese pobre niño, conjuntado y oloroso en un parque lleno de congéneres de uñas negras y padres... ¿daltónicos?

Imaginen por un momento vivir en un mundo en el que le han prometido que un obispo barbudo le traerá golosinas a principios de diciembre y que lo que le traiga sea una bolsa costrosa de mandarinas y cacahuetes. Un mundo en el que no existen esos Reyes molones que montan en camello y se la agarran parda cambiando copas de champán por regalos en todas las casas a tres horas de avión de aquí. Y en el que sus compis de guardería no le creen cuando lo cuenta.

Un desgarro existencial, una angustia incomprendida, una dicotomía anímica. Un lío de cojones.

Y un día, además, ese angelito descubre que está solo. Un día cualquiera, no se crean, en el que se le ocurre pedirle a su madre que le deje ver esas tarjetitas con foto que le ha hecho en Madrid este verano —el DNI, le dices, pues eso, el *dameamí*, te confirma— y le contestas que vale. Y te dice que qué pasa ahora con los libritos esos con foto —los pasaportes, le dices, pues eso, los *pasapuertas*, te corrobora— y le dices que nada, que qué va a pasar; que son más o menos lo mismo pero unos son alemanes y los otros españoles.

—¿Y eso por qué, mamá?

—Pues porque eres español y alemán, cariño.

—Que no, que no, mamá, que yo soy español.

—Que sí, que sí, español. Y alemán, mi vida.

—Que no, que no, que no te enteras, mamá, que España ha ganado la Eurocopa, que yo soy español.

—Que ya, cariño, pero que eso no tiene nada que ver,

que tu madre es española y tu padre es alemán y por eso vosotros sois las dos cosas.

Y se armó la marimorena, señores. Porque eso de que su padre fuese una cosa y su madre otra distinta y por eso él otra más, y encima doble, que no. Que ni de *koñen*. Les confirmo que llegó al pataleo y la llantina sofocada; y que aquello se convirtió en el yo soy español, español, españoooool versionado por el Cigala.

Pero ya tuvimos que salir de casa, a trabajar unos y al *Kindergarten* otros, y mientras le arrastraba de la manga hacia el coche, entre llantos y golpes de pecho, se me revolvió un momento y se liberó de mi zarpa.

Mas no se escapó, no. Resulta que, en el apogeo de su berrinche, había detectado dos pares de zapatos descuadrados y no pudo resistirse a colocarlos —entre lágrimas y espasmos llorosos— antes de meterse en el coche a cumplir resignado con su deber guarderil.

No quise joderle más la marrana al pobre, que bastante mal lo estaba pasando ya, pero me quedó cristalino que éste es totalmente alemán, alemán, alemáááááán. Snif.

CAPÍTULO 44
Amores reñidos

No sabría decirles con exactitud cuál fue el día en el que, en esta casa, el silencio dejó de ser síntoma de maldades muy malas *in progress* o coma roncante de los polluelos.

Ahora, si a mitad del día se escucha zumbar a una mosca, lo más probable es que mis dos mayores se estén dando de leches. O incrustándose los legos en los ojos mutuamente, tirándose del pelo, dándose mordiscos de monja o clavándose los tenedores de la cocinita de Ikea. Lo que sea, pero doloroso y concentrado.

Será que, como recompensa a mi fiel e ininterrumpido seguimiento de *Jackass* durante estos últimos años —tarifa plana y en directo—, me merezco un poco de variedad y han decidido aderezarme las tardes con frecuentes episodios de *Pressing Catch*. Lo que me faltaba.

Durante muchas semanas, yo, de natural materno-paranoica y experta en el arte de la abstracción práctica durante los múltiples e interminables cura-cura-sana, me vi obligada a relegar mi lista de la compra y dedicarme a cuestiones mucho más trascendentales. ¿Llegarán enteros a la adolescencia? ¿Será inherente a su masculinidad aporrearse por un Nenuco? ¿Es biológicamente común a su género pellizcarse por un puzle?... ¡¿Se odian?!

Si les digo que, para colmo, los contrincantes padecen orgullo ibérico terminal y que pedir perdón no suele ser opción ni cuando ha sido sin querer queriendo, entenderán mi creciente preocupación por el futuro de nuestra armonía familiar, ¿verdad?

Pero, cómo no, hasta en estos casos la sabiduría popular tiene respuesta. Y no por eso de que los amores reñidos son los más queridos, que también, oigan, sino más bien por aquello de que hay veces que es peor el remedio que la enfermedad y que a lo hecho, pecho.

Porque es que verán, yo me obsesioné con esa pésima y belicosa relación entre hermanos; les vigilaba interactuar e interzurrarse a solas, tomando notas y diseñando estrategias de hermanamiento a la fuerza, les di charlas, grité y creo que incluso amenacé con separarlos. Y, claro, con ese percal no vi más allá.

Ni siquiera aquel día en el que el Cuñao destructivo alardeó del apogeo de su época rabietil, que a todo era «no», «no *usta*» y «no *quero*».

Uno de esos días cualesquiera, no crean, en los que iba cargada con todo y con todos, que el rubio coge y se me para por el camino; y que no avanza, oigan, que no, no *quero*, ni por unos Lacasitos. Yo pasé, no crean, total, es el segundo y ya se sabe que sólo hay que decir eso de «pues nada, guapo, ahí te quedas. ¡Adióóóóóóós!» y que vendrá corriendo en cuanto la escenificación de madre desnaturalizada cuadre, ¿no?

Pues no. Porque resultó que ahí se me paró el otro por el camino, y se me puso a berrear. Que no quiero dejarle ahí, decía. Tócate los *cojonen*. Y dio igual que le explicase que no le iba a dejar de verdad, que sólo estaba haciendo-como-si; al final me tocó doblar la oferta de Lacasitos y llegar tarde, para variar.

Habrá sido por el chocolate, pensaba yo recordando la escena en una de mis trifulcas mentales.

Pero no era el cacao, no. Poco después, en esa cámara de torturas —también conocida como «coche» por los solteros— con todos otra vez, se hizo el silencio y divisé por el retrovisor la mano izquierda del Mayor en la boca de Destroyer y el pelo de éste en el puño derecho de aquél; y no pude más. Vociferando que se acabó, que se fuesen andando, reduje la velocidad con mucho dramatismo y aspavientos desmesurados. Destroyer echó mano de su especialidad en cara de angelito asustado y dijo «nonononono» con tono dulce y victimista. Lo normal. El Mayor, en cambio, puso cara de indignado y, hablándome como a una déspota idiota, me recordó que no podía dejarlos ahí solos… ¿o no sabía que todavía eran muy pequeños?

Cojonudo, seguro que la próxima vez me amenazan con llamar a los servicios sociales. Juntitos, eso sí.

CAPÍTULO 45

El vengador del parque

Se cree, se dice, se comenta que, en lo que a relaciones fraternales se refiere, son siempre los mayores o primogénitos los que, sin dilación y necesariamente, asumen el rol del galán protector y vengador del parque.

Por tamaño y experiencia debería ser lo lógico, no digo yo que no; pero a la hora de la verdad, lo que realmente forja a un superhéroe infantil es un pasado *ojcuro* y un puerperio problemático.

Y ser el tercero endurece que no vean.

Si no se lo creen, pasen y lean.

Si el Mayor fue por doquier paseado bien embutido en piqué almidonado, el del Rizo no ha visto un lazo en su puñetera vida. Y del cochecito tiene vagos recuerdos que se remontan a aquellos maravillosos meses en los que no se sostenía sobre dos patas.

Allí donde el Mayor tuvo chichonera propia, sábanas nuevas y nanas personales compuestas ex profeso, el benjamín encontró su cuna relegada a cárcel gigante de peluches y, a cambio, un espacio para el descanso nocturno dos tercios menor que el útero que había ocupado hasta hacía poco. Exactamente entre el sobaco izquierdo de su padre, la teta derecha de su madre, el lomo de Destroyer y los pies cruzados del primogénito.

Mientras que al Mayor se le compraron pañales de todos los tamaños, previa ratificación de la báscula, al kilímetro exacto, el del Rizo lleva los pañales que haya; que parece Julián Muñoz la criaturita.

Si el Mayor fue aplaudido y festejado cuando articuló su primer «mamá», el del Rizo ya puede decir «supercalifragilisticoexpialidoso» y repetirlo al revés, que se llevará como mucho unas enérgicas palmaditas en la espalda y un vaso de agua, que se habrá atragantado.

Y ya sé que aquí el que tiene la fama es Destroyer; pero no se dejen engañar por las apariencias, háganme el favor, que aunque sea verdad que el Cuñao Jr. es una bestia parda, no tiene malicia ninguna y sus daños suelen ser colaterales.

El del Rizo, en cambio, es un macarra de cuidado.

Yo ya lo sabía, no crean, que para algo los he parido a los tres. Pero como esto del macarrismo no sirve de mucho si no es de dominio público, el del tirabuzón pendenciero decidió, a su tierno año y medio, que había llegado la hora de empezar a marcar *territorien*.

Se estrenó una cálida tarde de verano, de esas en las que el sol aprieta, con un vecinito insoportable de padres impecablemente lobotomizados y edad comprendida entre mis dos benjamines, asaltante regular de nuestro jardín y nuestros juguetes.

No se crean que sólo culpo a mi canijo camorrista, que el otro cabroncete también se lo estaba buscando. Que yo no me pongo a su nivel, no, pero macho, intentar quitarle la pala a *mi* Destroyer y llorar transmitiendo un *mamá-me-ha-pegado-este-niño-más-mayor-y-corpulento* cuando no lo consigues, bien merece un mamporro.

Destroyer, bonachón que es él, no quiso ratificar al niño en su llanto con un (merecido) palazo; pero, cuando apareció la *Mutter* del okupa amonestando al Cuñao y reclamándole turnos en la pala, el del Rizo empezó a tensarse... con esa rabia que todos conocemos, de cuando llevas media hora metiéndote con tu madre y a tu marido se le ocurre darte la razón, que se la carga.

Fue darle la espalda a su tiranito con pala ajena y el del Rizo se lanzó. Costó soltarle de esa melena virgen de peine y champú, pero al final lo conseguimos.

Huelga decir que el enemigo no ha vuelto a pisar nuestro césped. Y que, cada vez que pasa por delante de la valla, el macarrilla se quita el chupete y le abuchea tonnnntoooooooooooooo hasta que le pierde de vista.

CAPÍTULO 46

El rojo es tendencia

El tema de los juguetes genéricos ha sido uno de los pocos por los que Maromen y yo no nos hemos acabado tirando de los *pelen*.

Él, que viene de una familia en la que abundan los hippipollas, y yo, que me encuentro rodeada de testosterona a tutiplén, nos pusimos de acuerdo enseguida para educar a nuestros tormentitos en la igualdad, la *libergtá* y la *fgategnidá*.

En esta casa comparten protagonismo los tractores con los Nenucos —a veces incluso juntos y casi siempre en situaciones virtualmente dolorosas, sobre todo para el muñeco—, los legos con la cocinita, las bicis con los cucos de paseo y los maletines de médico con los puzles de *prinzezas*.

Mi padre, al ver tal despliegue de feminismo cojonero, se llevó las manos a la cabeza, indignado ante aquel atentado contra la posibilidad de semitutorizar una infancia exenta de rosas, brillitos, barbies y vestiditos.

Pasados unos años y varias horas de entretenimiento casero, su fruncimiento ceñil se ha relajado. Y no porque los *polluelen* ignoren esos artefactos, ni mucho menos, sino más bien porque los manejan como buenos portadores de testículos que son: juegan a los papás, lanzando a sus bebés por los aires ante la horrorizada mirada de una madre imaginaria, comentan las «grrrrrrandes tetas» —sobre todo Destroyer— de la Bella cuando consiguen encajar la pieza, cocinan pizza y salchichas y hacen carreras de obstáculos con Bugaboos en miniatura.

Testosterona a mansalva.

Como a esto se le suma la fascinación por los abalorios maternos, las faldas cortas y los tacones —esos fósiles que descansan en mi armario desde tiempos irrecordables—, persiguiendo a su progenitora para que se los ponga y se maquille, que está «muy bonita», la tranquilidad abuelo-paternal volvió a instaurarse en nuestras conciencias.

Lo que el *agüelo* no sabe es que, cuando le he comentado que el tema de la chapa-y-pintura estuvo unas semanas pisando fuerte en nuestro hogar teutón, no estaba haciendo referencia a ningún vehículo motorizado.

No sé si fue mi avistamiento de la luz al final del túnel, pero desde que el pequeño puso el pinrel en la guardería como que empecé a atinar con el rímel, a desempolvar algo de ropa *Kinderfrei*, a ponerme pendientes —asumiendo el riesgo de estiramiento lobular hasta el infinito que eso conlleva— o a pintarme las uñas de rojo. El caso es que llegó un momento en el que tuve que esconder mis zapatos y guardar bajo llave mi maquillaje.

Porque entrar en el baño dispuesta a abroncarles por comerse la pasta de dientes y encontrármelos en tacones y brocha en mano «poniéndonos bonitos» me dejó patidifusa.

Que eso eran cosas de niñas me lo rebatieron con un «mamá, pero ¿tú no dices que no hay cosas sólo para niños y cosas sólo para niñas?».

Que eso eran las cosas de mamá y sólo de mamá también me lo rebatieron, afirmando tajantemente que ellos también «me prestan» SUS cosas cuando juego con ellos.

Y van por buen camino si suponen que no me quedó otra que darles la razón y explicarles el sombreado de ojos gatuno y para qué sirve el quitaojeras. Y pintarles las uñas. De rojo, *natürlichmente*. A los tres, faltaría más.

Me consolaba pensar que esto sería algo pasajero, que no les duraría mucho, a lo sumo un día de guardería humillante azuzados por sus compis de fútbol. Pero para variar me equivoqué de pleno...

No sólo siguieron con sus uñas rojas, sino que encima le pidieron a la *au pair* que se las redecorase con estrellitas, corazoncitos y monerías varias, no fuese a ser que, ahora que van todos los futboleros con la manicura hecha, se olviden de quiénes son los que marcaron tendencia este verano.

CAPÍTULO 47
Maquillaje

Dicen las doctas lenguas que nunca te acostarás sin saber algo nuevo.

Si eso nuevo es, además, un secreto de Estado —aunque sea uno de esos a voces—, conciliar el sueño se complica y se pasa una la noche en duermevela, dándole vueltas al temita, entre indignada y tentada de no darles mucho crédito a sus sentidos.

Luego resulta que, cuando se comenta el secreto con varias personas —así como de refilón, por si las moscas, que a nadie le gusta quedar de loca—, se entera una de que su caso ni es especial ni le tienen manía. Es la triste realidad.

Señores, dejen de darle vueltas al misterio de la feminidad en Alemania. Contra todos los indicios existe, sí, pero no a nivel popular. El maquillaje, en este país, es herramienta exclusiva de la Administración pública.

Sepan que para ser funcionario en las Teutonias se necesitan dotes de esteticién; porque tapar las imperfecciones de la Señora Alemania requiere de maestría y picaresca sibilina, que ríanse ustedes del famoso morro español.

La historia que les voy a contar empezó hace muchos años, cuando aquí servidora decidió hacer el petate y marcharse a estudiar a Alemania; porque la universidad es buenísima, porque es la cuna de la filosofía, porque mi carrera allí está mejor valorada, blablablá.

Y era verdad, oigan. Decir en Alemania que estudias Filosofía y Teología es como decir en España que eres ingeniero industrial y además tienes un doctorado en astrofísica. Todos ponen cara de *nojoda* y te dan palmaditas en la espalda. Sólo les falta hacerte reverencias.

No se extrañarán pues ustedes de que, a pesar de la ubicación culera del mierdapueblo, encontrar trabajo por allí no me preocupase demasiado. En la zona más rica de Alemania, con un índice de paro ridículo, una licenciatura y los idiomas, seguro que algo encuentro.

Los cojones.

A fuego tengo grabado aquel domingo por la noche cuando, después de tres años demostrando mi incompetencia como ama de casa y equipada ya con *au pair* y guarderías, decidí que había llegado el momento de hacer algo remunerado. Pelín oxidada y muy confusa, me dispuse a usar mis derechos —que para eso los tengo, digo— y, con un par de clics, me apunté virtualmente a la temida *Bundesagentur für Arbeit*. El INEM teutón, vaya. Con grata sorpresa recibí una llamada ese mismo lunes para concertar una cita con la asesora asignada y, llena de ilusión y esperanza, una semana después me encaminé hasta su despacho cargada de currículums, folletos, listas y chiribitas en los ojos.

Para que se hagan una idea de cómo fue la conversación, les diré que la primera frase de la burócrata caraacelga fue «ofertas para trabajar de filósofa no solemos tener». Literal.

El resto de la reunión consistió en una sucesión de no-sés, no entra dentro de nuestras competencias, mire en Internet, más no-sés, más mire en Internet, ¿versatilidad laboral?, ¿qué es eso?, es que si usted ha estudiado una cosa, yo sólo puedo ayudarle a encontrar trabajo de eso, ¿a media jornada dice?, imposible, no hay nada, ¿ofertas?, las que hay en Internet, ¿listas de empresas?, en Internet seguro que encuentra, ¿que si su currículum está bien hecho?, pues no sé, ¿no ha mirado en Internet?

Supongo que no hace falta aclararles que saqué más información de Internet que de la funcionaria germana, ¿verdad?

Pero lo peor no es esto, no. Lo peor es que a mí ya me habían enchufado para unas prácticas —claro, mujer, con sus estudios y su disponibilidad, los enchufes son su única esperanza— y que, como durante ese período determinado no podría acudir a entrevistas, ni a cursos, ni a más asesorías, la esteticién estatal le dio al *delete* y me hizo desaparecer de la negra lista del paro. Ante mi indisimulado ojiplatismo y desplome mandibular, tuvo el detalle de palmearme la espalda un ratito; mujer, si ya está haciendo usted mucho por su cuenta, más de lo que nosotros podremos hacer nunca, que está la cosa complicada, que figurar como parada sólo le traerá problemas, figúrese usted tener que venir aquí a fichar cada ocho semanas, con tres niños que tiene. Un horror. Si no va a pedir subvención, no le merece la pena.

Comprenderán ustedes entonces que, cuando se pavonea el personal de que aquí no hay paro, se me lleven los *demoñen*. O es que acaso no son conscientes de los retoques que se estilan en la famosa *Agentur*; porque ya me dirán qué mérito tiene no contabilizar a las madres en casa, ni a los que están en prácticas, ni a los que tienen trabajos subvencionados, ni a los que están subvencionados sin trabajo. Sé que se van a llevar una decepción, pero sepan que Alemania, a cara lavada, es bastante menos mona que cuando sale por la tele.

CAPÍTULO 48

Jesucristo Superstar

Les juro por *Gott* que lo hicimos con nuestra mejor intención.

Fuera de *koñen*, teníamos al niño completamente traumatizado. Sufría de horribles pesadillas, palidecía ante cualquier aspa, rehuía a los barbudos, lloraba con amargura cuando rezaban en la guardería, temía la oscuridad... un sinvivir, señores.

Como espero que comprendan, yo estaba desesperada. Y la pobre criatura aterrada: su primer cadáver, su primer zombi y, para colmo, está por todas partes y nadie parece sospechar nada.

El germano padre que lo fecundó, de natural horchatoso y despreocupado, no le dio la más mínima importancia al asunto. Se le *pasarrá*, decía. Hasta que un día se encontró al infante vaciando su caja de herramientas en la basura, por aquello de erradicar los clavos de su vida, y decidió arreglar el desaguisado.

Consciente de mi absoluta inutilidad para la síntesis y mi inexplicable déficit pedagógico en cuestiones de fe y dogmatismo, el Maromen resolvió excluirme de su nazarena campaña de lavado de imagen. No se lo discutí, claro, al fin y al cabo la culpable del fanatismo ateísta del niño era yo y sólo yo.

Secundado por el personal de la guardería —conocedor

del peligro que representaba un niño carismático y con tendencias anticrísticas—, durante semanas, aquí y allí sólo se habló de Jesusito. De su suave barba, la blancura de su túnica, sus bondades y hazañas milagrosas.

El día que pillé al teutón confesándole al primogénito que Jesús jugaba al fútbol y era del Madrid, sospeché que quizás se estaba pasando un poco.

Y sospeché bien. Porque ya me dirán ustedes si pasar del terror más absoluto a la adoración más devota en apenas un mes es normal. No, ¿verdad?

Con razón se dice que no hay nada más radical que un converso; y me da un poco de reparo confesarles esto, pero es que, verán, mientras que en los hogares normales cuelgan dibujitos de papás, mamás y figuritas familiares al gusto, aquí en el nuestro tenemos la nevera llena de monigotes crucificados. Con clavos y coronita sádica incluidos. Y, por supuesto, la boca para abajo.

Pero esto no es lo peor, no.

Lo peor es que el niño se nos hizo prosélito. El día que fui a recogerle a un cumpleaños y me encontré una horda de padres ojipláticos con mandíbulas desprendidas, supe que había llegado el momento de protestantearle al Maromen y acabar con la propaganda procruz. Porque tener que explicarles a los demás progenitores por qué mi hijo está martillo y —por suerte sólo— tiza en mano, enseñándoles a los suyos a crucificarse como Dios manda, no se lo deseo ni a mi peor enemigo.

Varios meses y muchas horas de *Spiderman* después, conseguí que el niño cambiase de héroe. Aunque todavía sigue contándole a aquel que quiera escuchar que Jesús iba de blanco porque era delantero del Madrid, ahora sólo vuelan pelotas y puñetazos en sus fiestas infantiles. Pero, por suerte, de esto último siempre se le puede echar la culpa a otra madre.

CAPÍTULO 49
Actitud olímpica

Tener hijos pequeños nos sume en una nebulosa vital equiparable a lo que para un soltero sería tener resaca crónica.

Dormir es eso que no hice cuando conocí al Maromen y por lo que ahora me flagelo melancólica. En la cocina era creativa, a mi ritmo y con picante. Ahora decidir los menús me produce urticaria, y a duras penas me aguanto los impulsos homicidas cuando mis anexos vitales me contestan eso de «lo que tú quieras, nos gusta todo». Lavar la ropa era aquel proceso necesario y prometedor que ahora me supone deliberaciones mentales dignas de un ingeniero en biología atómica (y una fortuna en Vanish).

Todo el día de acá para allá, con ojeras, cara lánguida y agotamiento a tutiplén, que un día me hablaron del Nikkei y contesté que lo siento mucho, pero no lo conozco todavía, es que desde que tengo niños no estoy muy puesta yo en marcas de biquini.

Pero por suerte o por desgracia la naturaleza es sabia —y bastante interesada, por cierto— y, obviamente, no iba a dejar a esas delicadas criaturitas en manos de unos pseudozombis atolondrados así sin más.

Mas háganme el favor y no se confundan con esto, señores, que no es ni su olor lactoso, ni esas bolitas que tienen por dedos del pie, ni esos mofletes comestibles ni esa pelusilla adorable detrás de la oreja lo que asegura un razonable cuidado de los rorros por parte de sus castigados padres. No depende de ellos, sino de nosotros.

Porque a los padres, por si no lo sabían, ya en el paritorio se nos activa una *app* de serie conocida como *actitud olímpica* —o autosugestión eficaz, como ustedes prefieran— que consiste, así grosso modo, en inventarse y creerse miles de etapas absurdas e imaginarias e ir superándolas con alegría y optimismo. Como si después de cada una quedase menos (y no nos pregunten para qué o se llevarán un sopapo en toda la boca).

Como cada progenitor es un mundo, las tienen de todos los tamaños, formas y colores, algunas individuales y otras más o menos universales y comentables; desde la primera noche, el primer meconio, la introducción de la tortilla o el primer pedo consciente.

De lo que, sin embargo, nadie habla y nada hay escrito hasta ahora —o yo no lo he encontrado— es del *después* de esas etapas. Sobre todo de una, que es la que desde el verano a mí me trae de cabeza. Porque es que, verán, tras semanas fregando pises por todos los suelos y pescando boñigas de todas las piscinas, conseguimos finalmente superar con «éxito» la famosa Operación Pañal de Destroyer.

Y desde entonces nuestra vida es un infierno.

No pongan esa cara, que tengo toda la razón y, en el fondo, ustedes lo saben. ¿O me van a contar ahora que se les simplificó la existencia cuando su recién desapañalado infante pedía pis y caca a todas horas? ¡A todas horas!

Se habrán dado cuenta, supongo, de que, recién superada la operación de marras, cuando un rorro dice que quiere caca, disponemos exactamente de cuatro nanosegundos —ni uno más— para acomodarle en un trono o idear un plan B, ¿no?

Y ahora díganme: ¿cuántos tronos hay en el supermercado?, ¿en la piscina?, ¿en la panadería?, ¿en el parque?, ¿en el coche?

No les relataré las argucias que he tenido que poner en marcha para salir airosa y más o menos limpia de los quiero-pis-quiero-caca inoportunos —y mucho menos mis fracasos—, porque sé que la mayoría de ustedes todavía conservan la ilusión y la alegría y se merecen unas palmaditas en la espalda.

Sólo les diré que han sido suficientes como para jurar sobre el *1080* que el del Rizo va a llevar pañales hasta que se independice.

CAPÍTULO 50
Nocturnos

Después de años hiperventilando cada vez que el Maromen sacaba su pasaporte, el día que me comí la última uña decidí resignarme sin dramas a sus constantes viajes y empezar a buscarle algunas ventajas a su ausencia.

Encontré varias, no crean, que poder ver mis series favoritas sin comentarista, leer sin constantes interrupciones o comer pipas sin que se me tache de pájaro obeso —porque es muchísimo más humano comérselas pegadas al pan, dónde va a parar— no es moco de pavo.

Pero sobre todas las cosas, lo más mejor de todo es, sin duda, la cama.

Ciento cuarenta centímetros de ancho sólo para mí. Fresquitos, mullidos y silenciosos.

Por lo menos hasta medianoche, que justamente a esa hora empieza el tráfico nocturno. Pasitos en el pasillo anuncian al primer visitante.

Si se enciende la luz del baño y oigo la cadena, sé que es el Mayor, que me coge la mano nada más acomodarse a mi lado.

Si me dan un beso baboso y me tiran del edredón, sé que es Destroyer, que se aposenta en mitad de la cama, me acaricia el pelito y me exige permiso con un «mami... ¿ca-mi-ta?» antes de volver a roncar.

Si atrona un alarido despótico seguido de dos tandas de pasitos, sé que es el del Rizo llamando a sus hermanos y negociando su transporte —con peluche incluido— a la cama grande. Un *chop-chop* uniforme corrobora su conformidad con la ubicación asignada a mi lado y la caída del chupete su marmotización inminente.

Y yo, a pesar de tener el pandero en equilibrio y un dedo en el ojo y de no poder moverme, me palmeo la espalda por haber conseguido educar hijos independientes y organizados; y de no tener que levantarme tropecientas veces por las noches.

Aunque no siempre.

Resulta que, por una de esas alineaciones malignas de los astros, una de aquellas noches que ejercía de madre célibe se organizó una cena apetitosa. Y tantas ganas tenía de ir que pensé —ilusa— que, agotando a los *polluelen* durante todo el día y volviendo a una hora prudente, la recién incorporada *au pair* no tendría problema con ellos.

Ilusa.

Tengo testigos que les confirmarán que a las 23.00 me levanté para irme a casa. Y a las 23.10, las 23.15 y las 23.20. A las 23.45 conseguí llegar al «ahora sí que un cigarro y nos vamos», y ya estábamos todas besuqueándonos para marcharnos cuando mi móvil empezó a tocar salsa y en la pantalla parpadeaba el temido «Yo Casa».

Conseguí entender «mediano», «mucho» y «susto», y, pensando que Destroyer había tenido una pesadilla o la estaba armando gorda al no haberme encontrado en mi puesto, corrí veloz a retomar el mando.

Pero al llegar a casa comprendí que la del susto, y mucho, era la *au pair* y no el niño.

Con el pequeño plácidamente acomodado en sus brazos y el rubio saltando por mi cama, me informó la canguro de que, al escucharse un grito estridente como de chupete extraviado entre las sábanas, se levantó a colaborar en la búsqueda y que, al echar un vistazo a las otras camitas, se apercibió con horror de la desaparición de Destroyer.

Su pánico, me contaba, fue creciendo a medida que registraba habitaciones, encendía luces y llamaba al niño. Y que cuando salió al jardín y tampoco estaba allí, tentada estuvo de llamar a la policía. Gracias a *Gott*, a falta de alemán fluido me llamó a mí y, según colgaba el teléfono, escuchó un «¿ma-mi?» candoroso e inocente, seguido de una cabezota rubia y desdentada asomando desde... el trastero.

Qué hacía ahí, por qué no contestó a las llamadas o desde cuándo sabe bajar dos pisos de puntillas y a oscuras, nunca lo sabremos.

Lo que sí sabemos es que, para ser *au pair* en casa, hace falta un corazón robusto.

CAPÍTULO 51
Venganza

Aunque muchas veces no dé esa impresión, deben ustedes saber que yo soy carnaza de inocentadas. Me lo creo todo. Pero todo todo, oigan.

Como mínimo, siempre admito la posibilidad de ser verdad del asunto en cuestión y, para más inri, suelo defenderla.

Para que se hagan una idea, siempre seré yo la que defienda el posible fetichismo *vintage* de Alfonso Díez o que quizás sea verdad que Ana Obregón se matriculó en Biología.

«La abogada de los pleitos pobres» me ha llamado mi padre toda la vida, ya ven.

Como se podrán imaginar, el Maromen, todo adorable que es él, dispone de un filón de diversión sin fin en esta mi inocencia de serie y, de vez en cuando, le da por granjearse unas risas a mi *costen*. Tan pronto un día me dice que la biocuñada viene a pasar una semana a casa y que ha reclamado nuestra matrimonial cama a causa de una lumbalgia incipiente y dolorosa, o me cuenta que se tiene que ir mañana mismo cuatro semanas a la Antártida, o me comenta de pasada que su íntimo amigo el desastroso necesita un sofá *ande* caerse muerto durante los próximos meses.

Pues vaya inocentona si se lo cree, pensarán ustedes. Y tendrían toda la razón si yo viviese en una familia normal que hace cosas normales. Pero en un entorno en el que se llegó a plantear el transporte de mis colchones al bodorrio del año, qué quieren que les diga, una ya se espera cualquier cosa.

E implosiona, claro.

Normalmente empiezo apretando la mandíbula a la par que humeo por las orejas y acabo gritando por toda la casa que ni de *koñen*, que por encima de mi cadáver y varios improperios más que no reproduciré aquí por eso de que estamos en horario infantil o ustedes en el metro y no es plan.

No obstante, a mi alemanote socarrón lo que le van son las emociones fornidas, y por ello gusta de esperar hasta el último momento, ese en el que tengo bien colocado el cuchillo de cocina y me dispongo a que se me resbale sobre su pie derecho —*sastamente* a la altura del dedo gordo—, para empezar a desgañitarse de la risa. En cualquiera de los casos se tenía bien merecido el accidente, no se crean, pero el alivio por defecto ha sido siempre tannn grande que sólo me quedan ánimos para respirar tranquila.

Mas como avisan las sabias lenguas, el que con mucho fuego juega, termina quemándose, y así fue que un bonito día estival, el teutón apoyó toda la manaza en la vitrocerámica.

No se asusten, que no le acuchillé.

Hice algo todavía peor.

Y no era para menos, que se llevó a mi benjamín con un pie hinchado, azul y recién pillado al hospital y desde allí me llamó para darme la terrible noticia: Se lo ha roto. Stop. Esperamos escayola. Stop. No podrá andar los siguientes quince días. Stop.

Cuando más de una hora después aparecieron tan panchos con los mofletes bien impregnados de restos de helado, mi cara se hizo soneto. Llamadas varias, *whatsapps* a tutiplén y algún que otro *mail* para desmentir la terrible noticia eran contestados unánimemente por *mátale*-s seguidos de diversas propuestas, todas ellas lentas y dolorosas.

Pero no me dejé llevar. Me costó, pero no me dejé llevar. La venganza es un plato que se sirve frío y a ser posible caducado, para que se indigeste bien.

Mi señor Marido, espécimen común del género masculino, se olvidó rápidamente del asunto. Pero yo, señores, soy *Ejcorpio* de pies a cabeza y, por mucho que no me crea *na* de predicciones y juicios astrológicos, tengo que reconocer que esa cualidad que nos atribuyen del rencor y la vengatividad la tengo a *puñaos*.

Y una semana y pico después del incidente...

—Cariño... ¿Te acuerdas de aquella noche en Menorca, la de los gin-tonics y confidencias? —le dije así, poniendo como cara de preocupación.

—*Ja, klar* que me acuerdo... ¿Por qué? ¿Te apetece una copa?

—Cariño, son las doce de la mañana...

—Ah. Es verdad... ¿Esta noche pues?

—Ejem..., verás..., estooo... Es que me temo que no voy a poder beber hasta dentro de unos meses...

—¿Y eso?

Pero entonces comprendió lo que le estaba diciendo y abrió mucho la boca, le *aconjuntó* los ojos y se apoyó en el primer niño que pasó para no caerse.

Conseguí aguantarme la risa malvada durante tres días, que ya es. Pero el cuarto, cuando volvió del supermercado sin jamón y me dijo con un deje ilusionado que igual esta vez era niña, no me pude controlar.

Como ya supondrán, me llamó de todo menos bonita. Por lo menos, eso sí, dejó de tomarme la melena un ratito. Exactamente los tres nanosegundos que tardó en pasársele el susto y olvidarse del asunto.

CAPÍTULO 52

Motivación laboral

Deduzco yo que en Guantánamo no trabajan madres no por eso de la empatía, la caridad, la tendencia innata al cuidado y demás pamplinas algodonadas que nos atribuyen habitualmente.

Será más bien, supóngome yo, porque seríamos unas torturadoras sádicas, retorcidas e implacables.

Y es que una, nada más convertirse en *maaaaamiiiiiiiiiiiiiii*, empieza a aprender una de técnicas de fustigue, agotamiento del contrario y aniquilación neuronal que ríete tú de la Inquisición española.

¿O es que acaso ustedes sabían de antes que la repetición machacante y arrítmica de su nombre durante aproximadamente cinco minutos varias veces al día puede provocar alucinaciones acústicas graves? ¿Pesadillas? ¿Tic perpetuo en ojo derecho?

¿Hubiesen imaginado por algún casual que la falta de sueño provoca retardo mental matutino? ¿Asentimiento compulsivo? ¿Ataques narcolépticos inoportunos?

¿Se les había pasado por la cabeza que pasar más de treinta segundos en un coche provoca claustrofobia y sordera aguda? ¿Tortícolis repentina y evasión mental permanente?

En ocasiones me pregunto quién fichó al inútil aquel de la tortura china. Que ya me dirán ustedes qué tiene que envidiar cualquier técnica de persuasión amarilla a un trío alemañol de infantes desbocados. De vacaciones estivales. En casa. Dos semanas enteritas.

Después de un mes esquivando coyunturas extremas a base de incursiones en el hogar de mi *Mutter*, los servicios de nuestra querida *au pair* y vacaciones familiares, llegó un momento en que el delegar se tuvo que acabar. De vuelta al mierdapueblo, el Maromen retomó de inmediato el rescate mundial desde su mesa de despacho, la *au pair* se acogió a su derecho al ocio pagado —en un convento de clausura, me temo— y mi suegra se hizo la lonchas.

Dos septenarios enteros de tiempo cualitativo con tres polluelos morenos y asilvestrados; para mí solita. Toma ya.

Para que se hagan una idea, la mañana del primero de los catorce días que tenía por delante:

–Tardé noventa minutos en rendirme con las camas, que acabé cediendo como plataforma para audaces piruetas el resto de la jornada. Los siguientes días ni lo intenté.

–Salí corriendo del supermercado detrás de los mayores, que a su vez lo habían abandonado a la carrera cargados de cajas de helado. Robadas, por supuesto.

–Perseguí durante veinte interminables minutos a tres enmascarados en miniatura, que encontraban graciosísimo llevar mis bragas en la cabeza al grito de *¡Soybatman!* Por mi jardín y por los de tres vecinos más.

–Aporreé la luna de mi coche reclamando las llaves del mismo, previamente sustraídas con intención de disfrutar de un CD de Cantajuegos a todo volumen. Acabaron saliendo de motu proprio porque Destroyer tenía que *haser cacotas* (sic).

–Liberé al gato del vecino, que disfrutaba en babero de un yogur natural administrado a cucharadas. El gato vive desde entonces sobre nuestro felpudo y me odia.

–Argumenté durante toda la mañana que no tenía pito porque soy una niña. Y que no, no me iba a salir uno por mucho que me tapase la nariz y soplase con la boca cerrada.

Si les ha parecido poco, les recuerdo que se trata de un reducido compendio, correspondiente a las cinco primeras horas de las noventa que me tuvieron en usufructo exclusivo.

Ya sé que algunas empresas dan regalitos, bonus, descuentos, tienen guardería y máquina de café para motivar al personal. Mi jefe, que es mucho más inteligente, no hace nada de eso; pero en cambio me dio todas esas horas libres para poder cangurear a mi prole lo que les quedaba de vacaciones sin agobios ni encomiendas a terceros.

Les juro que volví a la oficina de un motivado que hasta mi sueldo me pareció generoso.

CAPÍTULO 53

Yo Tarzán, tú mamá

De sobra conocido es aquel aforismo que amablemente informa sobre la buena dosis de culpabilidad que los niños traen bajo sus rechonchos brazos. No importa lo mucho que se lea, lo que una se informe, haga, piense, a lo que renuncie o se afilie por y para ellos, las madres nos sentimos mediocres tirando a reguleras muchas veces. Al día.

Esta sensación no desaparece nunca, ni se empequeñece de ninguna manera pero, según van aumentando los *polluelen*, nos suele quedar menos tiempo para recrearnos en los golpes de pecho.

Yo no sé cómo estarán —de locas, quiero decir— las madres de familias más numerosas que la mía; pero lo que sí sé es que yo, en un desesperado intento por no dejar expirar la poca cordura que me queda, me he vuelto de un pasota preocupante.

Son recurrentes las situaciones en las que mis amigas —por el momento en su mayoría primíparas— revolotean alrededor de sus infantes sacudiendo arenita, colocando el gorrito, abrochando el zapatito, bajando al angelito del acojotobogán o apartándolo del radio del columpio. Y, por supuesto, llamando mi atención sobre que «eeeeeh... tu niño está a punto de caerse del banco» o «eeeeh... tu niño tiene media lombriz en la mano... ¡y la otra media en la boca!», mientras yo me hago eco de la advertencia y valoro a ojo —así un momentín nada más— el peligro potencial o real, la intensidad de la caída o la calidad de la lombriz y me giro con parsimonia y paz interior a raudales para proseguir la conversación sobre... niños, claro.

Tras el alucine general, se suceden las más dispares reacciones; desde fruncimientos de ceño recriminatorios a cavilaciones sobre si acaso no voy tan desencaminada, estando todos los niños vivitos y coleantes como están, pasando por intervenciones salvadoras tipo abuela-que-no-puede-ver-eso.

Personalmente estoy convencida de que, si ellos mismos se sobreviven recíprocamente en casa, poco mal pueden hacer una simple lombriz o un tobogancito de *na*.

Reconozco además que el hecho de que vivamos en la *campiñen* teutona y se pasen el día correteando al aire libre añade algo de temeridad y salvajismo a mis tormentitos que, comparados con los rorros de pantalón corto y calcetín de borlas que proliferan por los parques madrileños, parecen recién salidos de una madriguera cualquiera.

Y es que con tanto aire libre y tanto pasotismo parental, los míos son unos niños hechos a sí mismos, unos supervivientes que no se achantan ante las menudencias de la civilización moderna. Por ponerles un ejemplo: ¿que no hay baño a la vista? Pues al árbol más cercano...

Y sí, ya sé que lo del árbol es muy útil y probablemente lo hagan muchos cosmopolitas no tan jóvenes cuando estén de copeo y no se puedan aguantar las ganas; pero de ahí a convertir la meada perril en una filosofía de vida hay un trecho; y una merecida colleja de mi madre.

Imagínense una escapadita a la capital ibérica, una soleada mañana de sábado y el sacrosanto aperitivo en una terracita de las de bien (de patatas). Los padres charlan, los niños corretean, los padres miran el móvil, traen más patatas, los pajarillos cantan y las nubes se levantan. Y, de pronto, un murmullo apocalíptico que se apodera del gentío.

No me cupo duda de que alguno de los míos fuese el causante de aquel rumor desconcertado; y no me equivoqué, *natürlichmente*. Porque cuando seguí la mirada estupefacta del público me topé con ese conocido culete preescolar al aire, pantalones en los tobillos, minipito bien agarradito y, como objetivo del chorro urético, la maceta de boj a la entrada del bar.

Menos mal que *Spain is different* y el sol alegra los humores, que en las Teutonias de seguro que no les habría dado por carcajearse. Ni habría estado mi madre para collejearme.

CAPÍTULO 54

Unos crían la fama...

... y otros cardan la lana.

Este capítulo es para socorrer la dignidad de mi querido teutón. Porque el pobre, por mucho que se vuelva solo al mierdapueblo en Año Nuevo frotándose las manos y pensando en sus Vacaciones —de niños, culos, baños, cenas, lavadoras y demás—, se implica como ninguno. Sobre todo cuando me enfado y le grito.

Eso de «el trabajo os hará libres», tan irónico entonces y tan práctico ahora, no vale en esta nuestra *Haus*. Que trabaje más horas fuera, viaje mucho y llegue cansado a casa no le libra de nada, mucho menos de la segunda parte de su jornada laboral.

Jamás me oirán decir que el Maromen me ayuda. Lo que sí hace es el porcentaje de trabajo hogareño y polluelil que le corresponde, en una proporción justa, igualitaria y directamente proporcional a nuestras ocupaciones gremiales dentro y fuera de casa. A veces.

Mujeres de desentendidos, no me envidien, se lo ruego. Todo lo anterior implica que reclama su derecho a opinar y elegir sobre decoración y atuendos infantiles, y créanme si les digo que, en ese punto, me pasaría la igualdad por donde ustedes bien saben.

Aunque tienen razón. El caso es que el Maromen, tan moderno él, se vuelve siempre desde Madrid en Año Nuevo y nos recoge en el aeropuerto después de los Reyes. Y sí, esos días sale con amigos, se alimenta de boloñesa fría y se traga *Misión imposible 1, 2, 3, 4* y, si la hay, la 5. Pero también trabaja, desmonta el árbol de Navidad, cambia las sábanas y las toallas, va a la compra, ordena facturas y papeles, hace limpieza de juguetes, corta leña y una vez hasta montó un perchero nuevo.

Vamos, un placer volver a casa tras Navidad.

Lo digo yo y lo piensa seguro la señora de la limpieza, ese regalo divino que tanto me costó encontrar y que lidia —o por lo menos lo intenta— con nuestro caos pelusero dos veces por semana.

Lo que la mujer de la mopa no piensa ni de *koñen* es que el orden y el concierto que brevemente reina en su lugar de trabajo es obra de un *Mann*. Digo yo que pillar al *Mann* en cuestión dormido, desayunando o corriendo a la ducha cuando tiene Vacaciones no ayuda mucho, ¿no creen?

Aunque esta vergüenza la superaba el Maromen con algo de orgullo, todo hay que decirlo. ¿Qué mejor prueba de su dedicación y rendimiento que el caos dominado? ¿Por qué iba a pensar la buena mujer que era un vago por dormirse si la casa estaba hecha un primor? ¿Verdad?

Pero yo, que de natural soy una aguafiestas y tengo esa malísima costumbre llamada pensar, caí un buen día en la cuenta, mientras admiraba mi recogido hogar al llegar del aeropuerto, de que la señora de la limpieza no admira al Maromen. Ni a mí tampoco. Porque la buena mujer resulta tener también vacaciones cuando no estamos y sólo asoma el morro un par de días antes de nuestra esperada vuelta.

Sí, eso es, cuando la casa ya está limpiada, ordenada y organizada. Y sí, pensará eso mismo que pensarían ustedes en su lugar: que la *Frau* de su hogar lo habrá dejado todo preparadito antes de embarcarse con sus polluelos mientras el mamón de su marido se dedica a descansar y vaguear.

Muy injusto, sí, pero ¿saben lo que les digo? Que se joda. Porque a mí, desde que estoy en casa, se me trata como si viviese de vacaciones, y todo el mundo da por hecho que me rasco el higo a dos manos. He dicho.

CAPÍTULO 55

Con las manos en la masa

Como madre experimentada que me considero les digo, pero sobre todo les advierto, que la peor etapa, la más dura, cansina y tocapelotas de todas, es la que abarca desde el año y medio hasta los tres años.

Lo sé, ahora mismo me acabo de ganar la enemistad y el odio profundo de todos los padres con bebés colicosos e insómnicos y la de los de púberes hormonantes al borde del ataque de nervios (los padres y los púberes, entiéndase).

Pero no se crean que lo digo *asín* a la ligera, oigan, que yo de estas cosas sé un huevo. Tres, para ser exactos.

Lo que queda de mi vida, con un preescolar impertinente, un Destroyer mimoso saliendo muy despacito de sus terribles dos y una bocina mofletuda y con rizo que brama Maaaaaaaaaaaammmiiiiiiiii varios cientos de miles de veces al día, es lo suficientemente estresante y variopinta como para poder opinar con criterio, ¿no creen?

Si a esto le añaden que, a más polluelos, más golfería, deducirán que las edades críticas correspondientes han ido empeorando con cada niño.

Sospecho incluso que el último ha sido castigo divino. Algo debí de hacer en una vida anterior, o alguien me ha puesto una vela negra, o me ha escarmentado *Gott* por algo que he hecho sin darme cuenta y sin querer, porque en carnes propias me ha tocado experimentar lo que es tener un hijo trepa.

Yo, que todavía infería la supremacía de la raza teutona por la elevada altura de sus picaportes, me he quedado sin argumentos. El del Rizo será el más enano del lugar, pero también es el más matón.

El día que nos percatamos de su superioridad golfera, encontrábamonos en casita los dos, la bocina mofletuda y yo, mientras el Maromen ejercía de lo suyo en bici con los otros dos. Ilusa de mí, pensé que trajinar en la cocina con el benjamín a mi vera era pan comido. Infeliz.

Aprovechando una de esas rarísimas ocasiones en las que se entretiene a solas, sea haciendo jirones un periódico o soplando pelusas, me escabullí a la cocina, a ver si adelantaba algo con mi lasaña. Y ahí me quedé, con el radar auditivo afinado y picando cebolla, sabiendo sin mirar en qué punto del habitáculo contiguo se encontraba el tormentito y qué hacía.

En un momento dado el silencio se hizo pánico y, cebolla y corazón en mano, asomé rauda la cabeza esperando una catástrofe. Pero encontrármelo concentradísimo con la cremallera de un cojín devolvió mi *Herz* a su sitio y mi culo a los fogones; y un choteo interno hacia mi histerismo infundado.

Ilusa.

Lo que yo creo que ocurrió después es que se me debieron de estropear las antenas maternales y que el tiempo pasó muy rápido, y puede ser que incluso se me olvidase que tenía un rorro a mi cargo; porque cuando un Maaaaaaaaaammmmiiiiiii lejano, así como un poco amortiguado, acabó de sopetón con mi ensoñación boloñera, con la sal amarrada, de pronto no supe ni dónde, ni cómo, ni quién.

Tentada estuve de llamar a la *Polizei* cuando asomé la cabeza a mi doméstico Playland y descubrí el cojín abandonado y ni rastro de mi descendencia.

Si les digo que casi me da un jamacuco, supóngome que no se extrañarán.

Si les digo que tras reiterados Maaaaaaammmiiiiii conseguí encontrar el foco de la llamada, supóngome que se sentirán aliviados.

Pero ¿y si les digo que me lo encontré de bruces, cuando se me ocurrió mirar por la ventana, sentadito en el techo del coche? Y tan contento estaba el lechoncete que incluso *me* aplaudía orgulloso.

Desde entonces hacemos turnos de vigilancia y encerramos el coche cada fin de semana.

Y la lasaña, por si a alguien le interesa, estaba sosísima.

CAPÍTULO 56

El gracejo solitario

El otro día mi germano me preguntó que por qué escribía un blog y no supe darle una respuesta contundente.

¿Por diversión? ¿Por realización personal? ¿Por sacarle partido al Mac? ¿Para que nos extraditen a las Hispanias? ¿Porque sí?

Pues mira, *kariñen*, no sé. Déjame.

Pero miren ustedes que me picó la curiosidad y me puse a pensarlo; y acabé vislumbrando la triste realidad. Verán, yo escribo un blog por soledad.

Porque yo me siento muy sola.

Sola humorísticamente hablando, se entiende.

Háganme el favor y quiten esa cara de *ah-bueno-pues-vaya-chorrada*, que esto es muy serio. La soledad humorística no es para tomársela a broma.

De este mal sufren (casi) todas las que arrastran descendencia de la manita, créanme. ¿O me van a contar ahora que las pedorretas en la tripa son el súmmum de la ironía? ¿Que no hay sarcasmo más elaborado que quitarle a tu hermano el chupete y darte a la fuga? ¿Que los payasos son seres inteligentes y divertidos? *Amos, por favor...*

Si además el segundo adulto cohabitante en tu hogar no ha evolucionado mucho en lo que a gracejo se refiere, la soledad pasa a convertirse en aislamiento. Porque no nos vamos a engañar a estas alturas; en esta vida no se puede tener todo y, a la hora de seleccionar figura paterna, una tiene que elegir: o te casas con Thor o con Buenafuente.

Como bien han deducido, aquí servidora eligió con las hormonas y se quedó con el macho alfa; y ahora no tiene quien la acompañe con salero y mala leche cuando echan Miss España. Maromen sólo ríe con Borat y sucedáneos. Y si hay flatulencias hace la croqueta. Tal cual.

¡Si de graciosos está lleno el mundo!, me puntualizarán ustedes. Y les doy toda la razón, no se crean que no. Pero es que yo vivo en las Teutonias y aquí, graciosos lo que se dice graciosos, así como con gracia, pocos. Para que se hagan una idea, la única que capta mis ironías es mi suegra. Y la mitad de las veces se aguanta la risa porque, o son sobre su biohija y elige entenderlo en sentido literal, o no es *korrekt* deshuevarse de otro *Mensch*. Ni aunque sea la presidenta del país y haya combinado calcetines y traje de noche para ir a la Ópera. Lo sé, un desperdicio de chiste total.

Así que aquí me tienen, socarroneándome de mis hijos, mi marido y, en el fondo, de mí misma delante de unos desconocidos.

Mas lo primero es lo primero y resulta —evidente— que antes de la vida 2.0 una lo que tiene es una vida de verdad, con un entorno harto pegajoso y facilón, que hay bromas que es que parecen la canción del verano, por malas y contagiosas, y que de tanto repetirlas te acaban haciendo hasta gracia. Les digo yo que compartir vivienda con dosis insanas de chispa infantil e ingenio viril hace mella.

Tanto, que un día en una reunión de trabajo se te ocurre comentar algo sobre los FAQ en la web empresarial, que están como descuidados.

—¿Los qué? —preguntaron asombrados el resto de asistentes.

—Los FAQ.

—¡¿Los quéééé?! —volvieron a preguntar, abriendo los ojos todavía un poco más.

—Los F-AAA-Q —volví a contestar, recalcando bien en el tono un *estáis-tontos-o-qué*.

—Cof, cof... ¿A qué se refiere usted exactamente? ¿Me lo puede señalar? —intervino prudentemente el Herr Jefe.

—¡Pues a esto, hombre!

Y volvió a respirar la sala... Porque, por si no lo sabían ustedes, en las Teutonias son muy guays y saben mucho inglés. Aquí se dice *Pop-ai* y no Popeye. *Guishard Guir* y no Richard Gere. Y, por supuesto, se dice *Ef-ai-quiu* y no FAQ.

FAQ aquí es otra cosa. Mariposa.

Huelga decir que estuve con la risa tonta toda la mañana. Y que fui la única. Menos mal que al llegar a casa al Maromen le pareció graciosísimo y llamó a tres colegas para contárselo. Ja. Ja. Ja. FAQ.

CAPÍTULO 57

La madre que lo parió

Que soy yo, por cierto, y no saben lo que se nota.

Me ha salido el niño *cagaíto* a su madre. Y la que me espera sólo se lo imagina la mía.

Un jueves del pasado septiembre, exactamente seis años y un día después de haberse asomado al mundo y nada más cruzar por primera vez la cancela del recinto escolar, a mi niño mayor —el buenazo responsable— se le agarró con brío y empeño un pavo hercúleo en la cabeza. Y que no se baja, oyes.

Ese primer día lo achacamos a los nervios y la primicia del pupitre. Y a que tener que quedarse sentadito un par de horas diarias después de haber estado tres años cual chinche libertino en la guardería, aturde a cualquiera. Energía acumulada, pensamos. Alegría, alborozo y esas ganas locas de crecer muy rápido que teníamos todos hace dos décadas.

Al día siguiente por la mañana, sin embargo, amaneció en plan independentista —o cabroncete altivo, como ustedes prefieran—: Yo elijo mi ropa. Yo me peino como quiero. Yo ya soy mayor. Porque lo digo yo. Mamá, necesito dinero.

Insoportable.

Tras una ardua negociación y varios puntos menos en nuestra escala de dignidad parental, conseguimos que me dejara seguirle al colegio. Y digo seguirle, porque cual aplicado talinfante en que se ha convertido, amenazaba con ceño *arrugao* y mirada asesina si se me ocurría andar a menos de tres pasos. Por detrás.

Un rayo de sentido común fulminó brevemente al ave galliforme esa que le tiene poseído y me reconoció como su madre, besándome en la mejilla al despedirse. Imagino que la cara de depresión posvacacional de su profesora, que se da así como un aire a Gargamel —clavadita, la pobre—, fue decisiva en este trance y nos permitió, además, disfrutar de un fin de semana casi normal.

Pero llegó el lunes, señores. Primer día en serio de verdad y con todo un curso por delante para labrar su entendimiento de lunes a viernes entre las 8.30 y las 11.15. Sí, han leído bien, menos de tres horas diarias de pupitrismo; pero eso sí, público y gratuito, que esto es *Deutschland*.

Recuerdo con cristalina nitidez aquello que nos contó Gargamel de que el primer curso sólo tendrían deberes diarios como para diez minutejos de nada. Y, teniendo en cuenta que no llegan a las cuatro horas lectivas, me pareció entonces justo y proporcionado. Lo que no debí de entender entonces es que se estaba refiriendo a las madres.

Porque les juro por *Gott* que, en esta mi humilde *Haus*, invertimos a diario más de una hora e ingentes cantidades de cortisol intentando que sea el propio niño el que haga los ejercicios de los cojones. Y es que el polluelo en cuestión vuelve del colegio —de los cojones también, por cierto— con mucho material de colorines y muchas herramientas didácticas pero sin pajolera idea de para qué leches los necesita.

Después de años perfeccionando mis jetas de póquer cada vez que alguien me preguntaba cómo era posible que, escolarizándose a los seis y con esas escuetas jornadas de adiestramiento intelectual, los teutones nos aplasten en el PISA, al fin tengo la respuesta.

Y es que el mundo es injusto y la competición desigual; o ya me dirán qué posibilidades tienen los pobres quinceañeros ibéricos frente a una horda de madres teutonas aplicadas e inflexibles. Una injusticia como la copa de un pino.

No sólo para mis compatriotas adolescentes, ojo, que aquí yo estoy pringando como la que más. ¿O acaso creen que después de haberme sobrepuesto a mis años de gandula enseñada y con un título universitario bajo la axila me apetecía mucho repetir la experiencia? Y para colmo arrastrando de la manita a mi réplica temperamental.

Mi santa madre me ha recomendado güisqui y Lexatin en días alternos. Y que me vaya prontito a la cama. Por lo menos ha tenido la humanidad de no recochinearme los doce años que todavía me quedan con éste y los otros tantos de los que vienen detrás.

CAPÍTULO 58

Mi café, mi tesoro

Tengo una duda enorme y, por más vueltas que le doy al tema, no consigo aclarármela.

Ustedes no sabrán, por algún casual, a qué edad empiezan a ir solas al baño, ¿verdad?

Me refiero a las madres, claro. Porque es que, verán, desde hace seis primaveras, no ha habido micción, ducha o acicale de melena caseros en los que no me haya acompañado ese creciente tropel de *groupies* canijos y preguntones que he tenido a bien parir voluntariamente.

Ni una, oigan. Si les digo que hasta el baño de una macrodiscoteca me parece el súmmum de la privacidad, se harán una idea de la gravedad de mi percal, ¿no?

Mis polluelos me acosan, señores. Ya está, ya lo he dicho.

Sin piedad, ni vergüenza, ni atisbo de duda o arrepentimiento, me persiguen, me acorralan y se cuelgan de mis zancas. No importa lo que esté haciendo o, lo que es peor, lo que estén haciendo ellos. Es dejar de compartir habitáculo y empezar con el ¡maaaaaamiiiiii! para acabar rastreándome allá donde esté y proseguir con su atosigamiento infantil y estridente; y muy muy demandante.

Lo más grave del asunto es que, ilusa de mí, pensé que, teniéndolos seguiditos, jugarían juntos y se entretendrían los unos a los otros. Y que a mí me relegarían, al fin, de esas interminables tardes invernales de noes, puzles de perritos y melodías sin sentido. Especulé con que un día podría volver a leer el periódico, tomarme un café o hablar por teléfono en paz. Un ratito nada más, no crean, que tan tonta no soy y tampoco es plan de exagerar; lo justo para despejar un poco la sesera y recomponerme la paciencia.

Pero nada, que no, que no hay manera.

Con esto espero haberles aclarado a ustedes cómo anda mi patio y que se les haya despabilado la empatía. Y es que me gustaría mucho confiar en su criterio para entender mis actos de aquel día, que me palmeen el lomo y se pongan de mi parte.

Porque estarán de acuerdo en que me merezco un descanso, ¿no? Y que hay situaciones extremas en las que algunos fines sí que justifican los medios, ¿verdad?

Además, que no fue ni premeditado ni alevoso. Lo juro. Yo estaba como siempre, dispuesta a hacerles caso, a no sentarme en toda la tarde, a dejarme perseguir e interpelar; incluso había descolgado el teléfono para evitar tentaciones cotorreras. Palabrita.

Pero cuando pusieron rumbo al baño para evacuar en fraternal sincronía, decidí aprovechar el periquete y les dije que ahora mismo iba, un momentito, niños, lo que tardo en poner la lavadora, ¿vale? Sí, sí, *zí*, mami.

Y ahí estaba yo, separando veloz la ropa blanca y la de color —que así cómo no van a estar la mitad de los calzoncillos rosas— cuando un ¡mamááááááááááá! aterrorizado me instó a abandonar la colada y apresurarme hacia el baño. Pero a medida que iba subiendo escalones, fui enterándome de lo que arriba ocurría y así, de pronto, sin comerlo ni beberlo, acabé en la cocina. Frente a la máquina de café. Voces interiores me manipularon para que aprovechase la oportunidad, que no pasaba nada, que estaban bien, que luego tendría que limpiar un poco, pero que iba a merecer la pena.

Y tenían razón, miren ustedes por dónde, que el café me supo a gloria bendita. Para colmo debieron de alinearse los astros porque, cuando aparecí por el baño, todavía no habían conseguido sacar a Destroyer y no habían manchado nada.

Lo único malo es que, desde entonces, no han vuelto a retarse a ver quién hunde más el culo en el váter. Y yo fantaseo todos los días con volver a repetir ese café.

CAPÍTULO 59

Respeto por sorpresa

Juro por *Gott* que he intentado ganarme el respeto de mis polluelos por todos los medios ídem que se me han ocurrido y me han recomendado. Y también los que he leído, me han chivado o he conseguido interpretar del horóscopo.

Juro por *Gott* que lo he intentado (casi) todo.

Les he hablado con deferencia, llegando incluso a tratarles de usted, Su Ilustrísima y Su Majestad. La sorpresa inicial dio paso de manera fulminante, y en mi humilde opinión totalmente errónea, a reclamaciones absurdas tales como mi conversión inmediata en dragón o bruja perversa y mi consecuente deber contractual a morir siempre de rodillas por espada de plástico.

Les he hablado con susurros cursis, en cuclillas y poniendo cara de muchos amigos, a ver si me encontraban algún parecido remoto con Campanilla o similar y me obedecían cantando con alegría y regocijo. Mi capacidad de raciocinio captó brevemente su interés —que no preocupación—, por si caía esa breva y mi comportamiento lobotomizado incluía barra libre de gominolas.

Les he razonado como a un igual, llegando incluso a recitarles a Kant, por eso de que empezasen a verme como fin en mí misma y no como medio para alcanzarles las galletas o separarles los guisantes del arroz. El del Rizo se durmió en el acto y los otros dos me consta que lo fingieron. Y me consta porque sé que cuando duermen de verdad no roncan; o no tan fuerte.

Les he decomisado juguetes y trebejos de interés variado; y sin vergüenza confieso que seleccioné los más queridos. Esta táctica se reveló eficiente por un tiempo, exactamente el que tardaron en encontrar los míos. Y su punto débil. Desde que se apercibieron del impacto anímico de las babas sobre el iPhone y el maquillaje *waterproof* en el sofá, me tienen amenazada. Ojo por ojo.

He gritado y amenazado. Confieso incluso que (alg)una vez eché mano del tan folclórico *undíacojolapuertaymemarcho*. Durante unas horas me siguieron expectantes y en silencio, imagino que para no perderse una exhibición de fuerza tal, capaz de arrancar la puerta de casa y cargársela al hombro. Pero el jocoso desmentido posterior del Maromen me hizo perder credibilidad, y durante meses reclamaron confirmación paterna hasta cuando les anunciaba la hora del baño.

Ya lo ven, no me funcionaba nada.

Y ya casi que había tirado la toalla en esto de ser madre temida o respetada, no se crean, hasta que un buen día me levanté tiesa y recuperé la esperanza.

Consecuencia de una noche cualquiera en esta casa, de esas de muchas manitas, piececitos, rodillitas y cabecitas en la cama parental, una tortícolis intensa me traía por el camino de la amargura.

Tanto que, en la cima del caos casero, todo llantos, reclamos, peleas y juguetes esparcidos, me dispuse a pegar cuatro gritos y poner firme hasta al Nenuco.

Pero en esto que me tuve que girar para gritar... y que para evitar que fuese por dolor, tuve que acompasar mis hombros a mi sufriente cuello... y que aun así mis ojos se abrieron mucho y mi boca se amuecó, dejando traslucir un *mecagoentó* agónico...

Y allí se petrificaron los tres, llenos de espanto.

Yo supongo que mis ojeras y mis cejas sin depilar contribuyeron a la asociación de ideas. Y que fue el pavor a la niña de *El exorcista* —que debe de ser algo genético o tener alguna explicación biológica— lo que les convirtió en pequeños sirvientes temblorosos.

Lástima que la tortícolis sólo durase un par de días. Y que ahora, por muy amablemente que les invite a mi lecho para repetir contractura, se nieguen en rotundo a quedarse conmigo a oscuras.

CAPÍTULO 60

De raseros

Me comentan que, en España, la única profesión con demanda es la de instructor de alemán; y no les culpo.

Porque es que, en estos tiempos que corren, no hay semana en la que la prensa ibérica no mencione el atodotrapismo al que va el motor de Europa y la cantidad de jugosos y apetecibles puestos de trabajo que le sobran. Vamos, que parece ser que la Merkel ahora quiere acabar con el paro juvenil español, que necesita ingenieros, arquitectos, médicos y demás titulados técnicos y motivados. Y que si no necesitan visado los reciben con alfombra roja y les dan unas longanizas, para que aten a sus perros.

Vale.

Que España va cuesta abajo y sin frenos no lo discute nadie. Sobre todo la Merkel, que de tonta no tiene un pelo. No voy a negar que aquí los sindicatos funcionan, que los salarios son más altos, las carreteras estupendas y los colegios gratuitos y que los yogures están buenísimos; pero sepan ustedes que, para valorar algunas cosas, hace falta cambiar de rasero.

Háganse un favor y, cuando alguien se jacte de que aquí se gana el doble, pregúntenle cuánto le cruje Hacienda. No sean tontos, atrévanse a preguntarle cuánto tributa por su renta, por su sanidad o por solidaridad con la Alemania del Este. Igual le avergüenza contestarles que le quitan la mitad y que, a final de mes, le queda lo mismo que a ustedes. O menos. Y ya que están, que les conteste también a la pregunta de si, además de ganar el doble, también se puede ganar la mitad; o un tercio; si tras ese insignificante desempleo no habrá precariedad laboral, trabajos a un euro la hora o a cuatrocientos al mes.

Cuando alguien se pavonee de que aquí en las Teutonias el seguro médico paga todos los medicamentos de sus hijos hasta que se saquen el carnet de conducir, inquiéranle sobre sus desembolsos durante el embarazo, entérense de cuánto le cobraron por pruebas tan básicas como el test del azúcar o la toxoplasmosis. Indaguen sobre sus visitas al médico o en urgencias, sobre cómo atendieron antes y con mejor cara al que tenía seguro privado.

Pregunten ustedes a las amas de casa con carrera si eso de la mopa es vocación o resignación. Y, de paso, también a sus maridos si salir a las 17.00 es tan bonito como lo pintan, teniendo en cuenta que los polluelos llevan en casa desde las 12.00, anochece a las 16.00 y las nanas se cantan a las 19.00.

Podría seguir aclarando el rasero por el que se tienen que medir algunas particularidades de la vida por aquí, por si alguno se quiere hacer el Pepe y venirse *pa* Alemania, pero teniendo en cuenta cómo de fatal andan las cosas por la península, me temo que muchos me saltarán al cuello con odiosas comparaciones.

Y tienen razón, oigan, que viendo cómo están las cosas en Somalia, no sé de qué nos quejamos algunos.

Así que vengan ustedes si quieren y, sobre todo, si pueden; pero sacúdanse los complejos antes y no se achiquen ante Alemania, que aquí no les van a hacer la ola, ni mucho menos regalarles nada.

CAPÍTULO 61

Mentiras arriesgadas

El matrimonio —o ajuntamiento para largo, como prefieran— consiste en la unión libre y voluntaria de dos personas que se quieren mucho y van juntas al Ikea; y se fundamenta en el cariño, la tolerancia, el respeto mutuo y todas las cosas bonitas por el estilo que se les ocurran.

Lo que dure el casamiento, en cambio, depende de mentiras.

No pongan esa cara, que saben perfectamente que tengo razón. Lo que ocurre es que esas mentiras no son fruto del desgaste cohabitacional, ni del hastío, ni tampoco de la falta de dinamismo nocturno. Las mentiras de las que hablo se cuentan por piedad en los albores del enamoramiento, se mantienen por pragmatismo en la fase de ajustamiento parejil y se acaban convirtiendo en paradigmas de la vida diaria.

Vamos, que las dices por gustarle, las repites por no pelearte y al final te las acabas creyendo tú también. Y fuisteis felices y comisteis perdices. Chimpún.

El inconveniente de las mentiras es que tienen una voracidad alarmante y, pasados los años, se ponen de un orondo que no vean, amenazando incluso peligrosamente con caerse por su propio peso. Y, lo peor, arrastrar en su despeñamiento todo lo que pillen por delante, incluidos sus congéneres, orgullos varios y, si me apuran, hasta el mismo matrimonio.

Supongo que la perorata que les acabo de endiñar les estará provocando ojiplatismo y ansiedad, desazón e incredulidad; y que sus uñas agradecerían una explicación, ¿no?

Verán, hace unos años, cuando yo todavía vivía en la capital teutona y llevaba mochila, conocí al Maromen. Como es teutón y, por tanto, de mano corta y prudencia infinita, me tragué el frenesí ibérico y quise seguir con apiesjuntillismo la danza del apareamiento a la germana; que consiste, así a grandes rasgos, en ignorar de pleno la tensión sexual y conocerse primero anímicamente. Aunque sea un poco.

Después de unas semanas de paseos y cocacolas, la tensión se hacía insoportable y, como es hombre antes que alemán, me acabó invitando a cenar. A su casa.

El enamoramiento y las hormonas, que me tenían de un condescendiente que ya quisieran para sí los niños, me hicieron degustar con deleite y admiración aquel despropósito gastronómico que me preparó (y del que sólo diré que llevaba acelgas, para que se hagan una idea).

«¿Será —pensé— que quiere poner a prueba la incondicionalidad de mi amor? ¿Será que ha querido impresionarme y de los nervios ha pifiado la receta? ¿Será que la cocina no es lo suyo pero necesitaba una discreta excusa para acercarme a su lecho?

Casi ocho primaveras llevamos juntos y no ha mejorado un ápice en sus dotes culinarias. Pero eso no es lo peor. Lo peor es que, hasta aquel fatídico día de septiembre del año pasado, seguía el infeliz convencido de haberme conquistado por el estómago. Y de que, por el mismo, me seguía reconquistando de vez en cuando.

En un alarde de romanticismo me propuso ese día una cena casera con velas; y, por esa obsesión perfeccionista que le caracteriza, me dejó elegir menú.

—Te cocinaré lo que más te guste —me dijo.

—¿Y si cocino yo? —propuse.

—*Nein nein*, tú relájate.

—¿Y si pedimos una pizza? —sugerí.

—*Nein nein*, que quiero hacerte algo rico.

—¿Y si picamos algo? —supliqué.

Debió de notárseme el deje impaciente porque, a bocajarro y por primera vez en todos estos años, me preguntó si es que acaso no me gustaba su cocina.

Van bien encaminados si sospechan que aquella noche no cenamos. «Por tu culpa», decía él. «No sé si podré volver a confiar en ti», me repetía. «Me has traicionado», insistía. «¡No me quieres!», se lamentaba.

Yo, que tengo mi corazoncito, le dejé taladrarme la conciencia unos días; pero mi paciencia, hasta los *cojonen* ya de tanto victimismo, amenazó con abandonarme sin piedad si no le paraba los pies a aquella injusticia. No pude negarme.

Esa noche, justo antes de amodorrarse, le susurré maliciosa que yo sí sé que me quiere. Porque también sé que, cuando le pregunto si he engordado, invariablemente me va a contestar que él me ve igual que siempre.

CAPÍTULO 62

Las camas musicales

Supóngome yo que estarán todos familiarizados con el mundialmente famoso juego de las sillas, ¿no? Un *must* de toda celebración infantil, método certero para agrupar crías al borde del colapso glucoso y agotarlas con mareación y alevosía.

Por si a alguno no le suena la flauta, le aclaro que Wikipedia lo define, en varios idiomas, como un «juego competitivo, utilizado en animación sociocultural o dinámica de grupos, en el que la música marca el ritmo y la emoción». Consiste en colocar con pericia una cantidad de sillas inferior al número de culetes presente, darle al *play*, que correteen, darle al *stop* y siéntese quien pueda. El que no haya podido es desterrado del grupo y puede ahogar su pena en el bol de gusanitos. El resto vuelve a levantar posaderas y, previa retirada de otro aposento, el adulto al mando reanuda la melodía. Esta operación se repite *ex novo* hasta que sólo quedan un niño, una silla y ningún gusanito.

Reconozco que este tipo de pasatiempos infantiles me han resultado siempre de lo más enrevesados. Digo yo que sería mi obsesión por el carácter educativo de toda actividad polluelil lo que me impedía comprender, en todo su esplendor, la necesidad de correr en círculos y matarse por poseer, durante unos minutitos, un emplazamiento estático.

No obstante, una instructiva noche del pasado octubre me dejó claro que el jueguecito de marras no tiene utilidad pedagógica ninguna; se trata más bien de una *performance* conceptual de índole cósmica, una reinterpretación universal con visos a mediar figurativamente entre culturas de todo tipo.

Porque, por si no lo sabían, el juego de las sillas musicales está basado en hechos reales. Como lo leen.

Obviamente, esos acontecimientos inspiradores nada tienen que ver con sillas y melodías de Shakira; pero sí con camas, terrores nocturnos y llantos estridentes.

Teniendo en cuenta que en esta nuestra humilde morada cada uno tiene asignado un lecho a su medida, no les costará entender que, en cuanto el del Rizo se fuga de su cuna y se acomoda en mitad del catre conyugal, el número de camas resulta inferior al de durmientes. Básicamente porque en esa cuna sólo cabe ese niño. Si bien, de momento, dos adultos y un minúsculo niño en una cama de 1,40 sigue siendo algo viable.

Lo que empieza a ser cojonero —pero sigue siendo factible— es cuando, minutos después, Destroyer empantana su habitáculo nocturno a base de regurgitaciones y ha de ser salvado, limpiado y reacomodado en la cama marital. Llegados a este punto del entretenimiento queda retirada otra superficie pernoctante y, aunque el Maromen no hubiese abandonado hasta el momento ni su sueño ni su lecho, queda eliminado y se marcha al sofá. Me hubiese ido yo, no se crean, pero el vomitón me incrustó sus piececitos helados entre los muslos buscando calor y consuelo y ya saben que la carne es débil y las madres, coraje.

Al volver de un paseo al baño para saciar la sed de los okupas rollizos, me encontré con otros 116 centímetros menos. Algo relacionado con un árbol de castañas, un monstruo con fuego y no sé qué más de yo-también-quiero-dormir-contigo había arrancado al Mayor de su sueño y le había lanzado bajo mi edredón. De perdidos al río, me dije. Y qué razón tuve, señores, porque, apenas veinte minutos después, un calorcito húmedo comenzó a expandirse por la piltra.

«Mamá, me he hecho pis» anunció el comienzo de la gran final: todos los participantes nos lanzamos como locos al acuéstese quien pueda. Eran las 2.52 de la mañana.

Como en esta casa no nos gusta mucho lo de la competitividad, se obviaron las degradantes eliminaciones y nadie durmió en el suelo. No me pregunten cómo lo hicimos, pero conseguimos sobrevivir lo que quedaba de noche en una cama de 90. Los cuatro.

Lo que todavía no sé es cómo llegué yo con decencia al final de aquel día.

CAPÍTULO 63

Lo que no te mata

Lo sé, soy una ilusa. Siempre me pasa lo mismo.

Todos los septiembres me agarra una melancolía de lo más infantiloide y, sin falta, me descubro admirando los colores del otoño, disfrutando de la chimenea, el olor de la lluvia y las hojas secas. Secuelas de haber crecido con la vuelta al cole de El Corte Inglés, digo yo.

Porque, si les soy sincera, desde que he tenido a bien darme a esto de la reproducción, lo que realmente anuncia el cambio estacional son los polluelos. La primera señal llega siempre discretita, el día que los rorros dejan de oler a césped y llegan de la guardería atufando a ceras y mocos. Un olor delicioso, por cierto, pero sólo para sus madres.

Unos días más tarde, el olor a mocos empieza a ser predominante —y no tan delicioso— y a acompañarse de sus correspondientes velones, esas secreciones viscosas y permanentes que empiezan en la nariz y terminan por toda la casa. Gracias a éstos, además, el consumo de cebolla —y su fiel aroma a axila otomana— se dispara en este nuestro ventiladísimo hogar.

Un cof cof a tres bandas vuelve a ser la sinfonía nocturna por excelencia. De dormir del tirón y cada uno en su cama ni hablamos.

Y las fiebres, que se dejan notar por el típico desinflamiento de huevillos —aquellas de ustedes que tienen niños sabrán de lo que hablo—, multiplican exponencialmente nuestras visitas al pediatra, convirtiéndonos en lo que se conoce como pacientes pelmas y repetitivos por goleada. Si les digo que las enfermeras me saludan con un «¡Buenos días, Frau MamáenAlemania! ¿A cuántos nos trae hoy?» se harán una idea de la opinión que les merezco.

A finales de octubre puedo decir que hemos pasado bichos microscópicos de todo tipo. Tantos que estoy segura de que en la habitación de los *polluelen* proliferan cultivos ilegales de bacterias y virus varios, porque de ahí salen las cepas mejoradas. Es devolver un niño a la guardería y empezar una nueva epidemia.

Por supuesto, de natural besucona que soy, de vez en cuando me afecta una de esas plagas más allá del cerebro y las ojeras, y durante un par de días —o semanas— contribuyo confiada al gasto farmacéutico como miembro transitorio de la panda del moco.

La primera vez que me descubrí con décimas, instintivamente me metí en la cama. Hora y pico de patadas riñoneras y tres cuentos más tarde, al darme cuenta de que ya no vivía con mis padres y de que nadie iba a traerme un caldito de pollo, decidí que lo mejor sería trasladar mi malestar a la oficina y dejarme mimar por la máquina de café.

Unos días después, cuando mi lividez y una montaña de Kleenex atestiguaban que lo que yo tenía no era resaca, sino un gripazo de *cojonen*, mis compañeros de despacho decidieron sacar el tema a colación. Que por qué no me cogía una semanita de baja por constipado, me preguntaron los muy cachondos. Cuando se me ocurrió decir la verdad, que es que con tres niños en casa, mire *usté*, descanso más aquí que allí, arrugaron mucho la nariz y me explicaron que no lo decían por mí. Enferma no rinde usted y, lo que es peor, nos va a contagiar a los demás y aquí no va a rendir nadie. Eso es asocial.

Dankes miles, camaradas, eso es compañerismo y lo demás son tonterías.

Si ya me consideraban *Rabenmutter*, desde que les llevo virus me tienen por diabólica. Pero no se crean que me importa, no, para nada. Ahora tengo poderes maléficos, señores, sólo tengo que estornudar y ya me trae alguien un café. Muahahahaha.

CAPÍTULO 64

La familia que come unida

Aunque a veces dé la impresión de madre posmoderna muy chachi y liberal, les confieso que, en el fondo de la superficie, yo soy muy muy pero que muy conservadora.

Para según qué cosas, la Rottenmeier a mi lado parece Helena Bonham Carter vistiendo a sus hijos.

Sin ir más lejos, y para que se hagan una idea de mi tradicionalismo intenso, les confesaré que de mi casa me traje un «Familia que come unida, permanece unida» como manía que roza lo insoportable.

No vayan a pensar que eso es tontería, oigan, que obligar a sus hijos pre- y adolescentes a comer y cenar todos los días en casa, sentaditos enfrente de usted, permite apreciar desvíos caminales en *stream*. Y arreglar algunos. O por lo menos cojonearlos, cual maternal mosca. Se lo digo yo, que sé de lo que hablo.

Lo que ocurre es que, cuando una emigra y se arrejunta con autóctono, tras años de convivencia, integración y crecimiento familiar, acaba comprendiendo que la vida es un renovarse o morir. Así que para salvaguardar la integridad de este lema en concreto, no me quedó otra que adaptarlo a mi día a día teutón y rebautizarlo como «Familia que come (bien) unida, permanece unida».

Porque es que, verán, de momento y a la espera de esos animadísimos parloteos hogareños al calor de una tortilla francesa, nuestras agrupaciones culinarias se reducen a un monólogo materno bastante repetitivo: «el codo», «la servilleta», «mastica con la boca cerrada», «*pordiós,* sácate el macarrón de la nariz», «no empujes con la mano»...

Les suena, ¿verdad?

Cualquiera que se haya visto en la tesitura de tener familia, y para colmo alemañola, sabrá lo frustrante que es educar con pan, servilletas y manejo cubertero a tres niños y un alemán.

Aclaro que con manejo cubertero me refiero, sobre todo, a su manera de sujetar el tenedor cuando cortan.

Aquellos de ustedes que almuerzan con teutones saben de lo que hablo. Los que no, sepan que yo quería ser gráfica y deleitarles con una instantánea de la mano del Maromen, pero uno, me dice que tanto dar la *koñen* con los modales y luego sacar el telefonito en la mesa (y tiene razón), y dos, tampoco es para tanto y él no es ningún mono de feria (y tiene razón en lo segundo).

Haré un esfuerzo ilustrativo para que puedan ustedes escenificarlo: suponga que el filete está vivo y representa una amenaza. Coja el tenedor con su mano izquierda y arponéelo hasta que deje de moverse. Manténgalo bien apuñalado con el reducido bichero mientras lo corta. Coma. Unos siglos de evolución más tarde, cuando los filetes han dejado de sublevarse, el gesto estoqueante se ha relajado notablemente, pero el agarre tipo del tenedor se mantiene.

Imagínense pues lo desesperante que me resulta luchar contra una piara de cerdetes a la mesa cuando uno de los adultos que debería dar ejemplo es el *Ferkel* mayor y además me lo discute. Pero luego, gracias a *Gott,* veo que mis polluelos, fuera del hogar, así como por arte de magia comen más o menos bien y me inflo cual pavo orgulloso tantreándome a mí misma que mi machaconería correctiva merece la pena.

Para cuando vivan en España, eso sí, porque el día que recogí al Mayor de su primera comida en casa de una *amiguita* constaté, muy a mi pesar, que esa insistencia mía estaba fusilando su vida social aquí en las Teutonias. Y la mía también. Porque se me ocurrió, así por sacar un tema mientras el niño se ponía el abrigo, preguntarle a la *Mutter* que qué tal había comido.

Bueno... ejem... verás, comer ha comido bien —me dijo azorada—, pero se ha enfadado mucho con nosotros.

¿Con vosotros?, pregunté yo, cacho lerda, que habiéndole parido debería haberlo adivinado.

Sí, sí —me aseguraba desconcertada la alemana—, por alguna razón les tiene como manía a los codos y nos ha reprendido por cómo cortamos la carne.

Lívida y apresurada, me dispuse a honorar en secreto mi reputación de madre desnaturalizada, achacando ese comportamiento a la chaladuría obsesiva del niño. Clavadito al padre, pensaba incluso añadir. Pero, castigo divino bien merecido, acercose en ese momento el aludido, ultrajadísimo por la incredulidad de su exfutura *suegren*, a exigirme una oficial confirmación de que comer así es de cerdos. Y de que se lo digo yo todos los días.

CAPÍTULO 65

Homeopatía #haztefan

El del Rizo nació con cara de cachondo mental y la boca del tamaño de un buzón. A escala real.

Los primeros quince meses de su vida, además, se dedicó a entrenar una capacidad pulmonar que habría convertido, después de no más de un minuto de gritos perfora-tímpanos, al mismísimo doctor Estivill en fanático militante del colecho y talibán de los brazos.

Menos el Mayor y Destroyer, que parecen haber ampliado su perfeccionadísima sordera selectiva para todo lo que venga de su *Mutter* a los chillidos exigentes del tercero, nadie puede resistir(se a) sus lamentos. Nadie.

Hemos pasado épocas mejores y las hemos pasado *canuten*, vecinos incluidos.

Tanto, que me lo llevé al pediatra a ecografiarle entero, no fuese a ser que se hubiese dislocado algo en el parto exprés que me regaló. Nada.

Y también al osteópata a que le estrujase un rato; y, a pesar de que pareció gustarle eso de la imposición de manos, el buen hombre me lo devolvió al mismo volumen. Será su carácter, me dijo.

«¡Qué cojones! ¡Será porque no está bautizado todavía!», me increpó mi madre. Pero el posterior aclarado de rizos con agua bendita nos sacó de dudas: el niño no estaba poseído y sus gritos no eran apocalípticos.

Como se podrán imaginar, a duras penas sobrellevábamos el entumecimiento de orejas. Vamos, que a todo era que sí, sí, sí, ahora mismo, ¡*Heil* Rizo!

Y fue precisamente lo insostenible de la situación, combinado con meses de migraña psicológica, lo que acabó convirtiéndome en carne de cañón para cualquier curandero, chamán o tarotista. Y, sobre todo, para la troleópata.

La Tía Hierbas, esa de las bolitas asesinas, no quiso desaprovechar tal oportunidad y me ofreció resuelta sus servicios. Y yo no pude rechazarlos.

Un día soleado me encaminé pues, voluntariosa y decidida, hacia la *Praxis* de la homeópata.

Al final de una sesión surrealista —que consistió en: niño gritón sobre mis rodillas, mano izquierda en su pechito, mano derecha sujetando frasquito en cuestión, homeópata haciendo fuerza sobre frasquito, cambiando frasquito, haciendo fuerza sobre frasquito, cambiando frasquito, haciendo fuerza sobre frasquito y así varias veces mientras murmuraba algún tantra indescifrable y confuso—, la buena mujer me encasquetó diversos glóbuli de nombre impronunciable y me mandó de vuelta a casa con precisas instrucciones de administración oral.

Una semana después de aquello me había convertido en fan absoluta y total, talibana de la homeopatía hasta la médula.

Sin embargo, después de dos semanas de paz, silencio y regeneración neuronal, descubrí el secreto de las bolitas troleopáticas. Y es que... tachán... tachán... no tienen nada que envidiarle a un Lacasito.

Era agitar el frasquito mágico en cuanto el polluelo tercero abría el buzón dispuesto a regalarnos un alarido desgarrador, y lo único que salía de su boca era la lengua. En silencio y con una sonrisa.

Les confesaré que me hice con un arsenal de glóbuli. Al principio incluso preguntaba para qué eran, pero habiendo comprobado que saben todos igual y que carecen por igual de efectos secundarios —y primarios—, los empecé a comprar de manera indiscriminada.

Por si a alguien le interesa saber cómo acabó esta historia, si acaso volvería a hacerlo, le diría que no. Porque al niño lo mantuvimos a raya durante unas semanas, sí, pero luego se las cobró con intereses cuando decidimos cortar por lo sano su adicción a los Lacasitos de farmacia.

CAPÍTULO 66

Por la boca muere el pez

Hace unos meses, mientras preparaba las maletas para irme a Madrid con los niños, tuve una revelación aterradora:

Mi madre me va a matar.

Por nada del mundo piensen que exagero, que la conozco como si me hubiese parido y sé de lo que hablo. Es más, yo sabía que estaba jugando con fuego y que, tarde o temprano, acabaría achicharrándome. Mi madre, no el fuego.

Todo empezó en el 2008, temporada arriba, temporada abajo.

Aquí la que escribe, agotada tras años de españolizamiento domiciliario intenso y habiendo coronado cumbres nada desdeñables —tales como el aseo diario y la vacunación reglamentaria—, se dejó llevar por sus circunstancias geográficas mierdapuebliles y sucumbió al teutonismo.

Fue algo paulatino, no se crean. Lo que no tengo muy claro ahora es si fue del todo involuntario.

Y es que verán, un día acabé tan tan tan hasta las gónadas de todo, que no planché.

Juro por *Gott* que fue sin premeditación ni alevosía. Un día simplemente doblé la ropa y la guardé. Tal cual. Y lo peor fue que, al contrario de lo que en secreto deseaba, no se acabó el mundo. Ni amago hizo siquiera, el muy *jodío*.

El resto, como se podrán imaginar, vino rodado. A la plancha le siguieron los calcetines con borlas, después el jabón lagarto y así sucesivamente. Mi señora madre se debate desde entonces entre el hostigamiento telefónico y el asumir que su hija es un desastre; pero como a Madrid yo llego siempre en modo retoña pródiga (muy) necesitada de peluquería, se suele contentar con alguna mirada asesina y el español de sus nietos.

Y fue precisamente por esto por lo que tuve constancia de mi inminente degollina.

No se vayan a pensar que los niños no hablan la lengua quijotera, no. La hablan, la cantan y la gritan; y sudor y lágrimas me ha costado que lo hagan. Pero, sería el aburrimiento o el carácter demoníaco que al poder se le atribuye, el caso es que el tema lingüístico se me fue de las manos y una semana antes de irnos tuve que poner en marcha una operación urgente de adiestramiento castellano.

El Mayor, dejado de la oreja de su madre, había ido perfeccionando durante los meses anteriores un acento de guiri cervecero a todas luces injustificable. Pensando que aquello era pan comido y que con una sesión intensiva de Disney estaría la cosa controlada, el día antes de embarcarnos a la capital me lo encontré con un deje entre canario y venezolano de aúpa. Cuando me recibió con un *«hase un día delisioso para pasear, ¿no crees, mamita?»*, visualicé ipso facto a mi padre, vallisoletano de pro, hiperventilando por sus genes desperdiciados.

Destroyer, por su parte, estaba taaaaan gracioso diciendo *cojonito* en lugar de conejito que no quisimos corregirle y ya no hubo manera de que se bajase de la burra. Enseñarle a decir *niña* en vez de *grgrgrandesss tetas*, entre otras perlas cultivadas, me costó horas de diálogo besuguero y alguna que otra corroboración —ignorada, eso sí— de estar sembrándole el preludio a una bipolaridad galopante.

El del Rizo, tercero en discordia, era el que menos me preocupaba. Reconozco que tenía un registro fonético envidiable, pero aparte de los clásicos y esperables *mamá*, *no-quero* y *autobús*, el niño no hablaba y, por tanto, no suponía amenaza alguna para mi integridad física.

O eso pensaba yo hasta que mi querido teutón, oportuno que es él, y tras encontrarme una tarde en modo conquistador inflexible, se sintió en la obligación moral de iluminarme.

Resulta que el *no-pe-les-chessss* que bramaba el angelito cuando sus hermanos le levantaban la mano, era su versión aniñada de mi tan manido *¡no os peléis, leches!*

Y que su graciosísimo *mo-va-yo-essss* cuando le desvalijaban sus juguetes, correspondía con pasmosa exactitud a mi *¡como vaya yo, veréis!*

Y que su sentidísimo *aorta-cho* lagrimeante no expresaba más que mi desesperado *¡un día cojo la puerta y me marcho!* que, dicho sea de paso, sólo he usado en circunstancias extremas (o eso creo).

Así pues me embarqué con los ovarios encorbatados, sin saber si volverían a saber de mí en mi estimado mierdapueblo. Si mi ajusticiamiento sería por cuestiones lingüísticas generales o del pequeño en particular no lo tenía todavía muy claro cuando pusimos los pinreles en Barajas.

Por suerte, las palabras que mis polluelos pronuncian con un deje castellano que ni el mismísimo Constantino Romero son Cocido, Croquetas y Abuela, así, con mayúsculas y chiribitas en los ojos. Yo, por mi parte, había infravalorado el poder de las glándulas salivales de mi madre. Y todo lo que se perdona cuando se echa mucho de menos.

CAPÍTULO 67
Culo veo, culo... veo

Tener varios hijos es una de las muchas y variadas fuentes de frustración y culpabilidad en la vida de toda madre.

Yo misma, que he podido comprobar que el amor de *Mutter* se multiplica a medida que van naciendo receptores del mismo, les confirmo igualmente que la entrega y el cuidado se dividen sin remedio.

Pasar de correr a urgencias por un grano en el culo a retirar puntos de sutura cejil con ayuda de las tijeritas de las uñas es cuestión de unos años y unos partos, créanme.

Y créanme también si les digo que ahí estarán abuelos, tíos, primos y vecinos para señalar ese racionamiento pragmático de histerismo materno y bautizarlo con el terrible apelativo de... tachán... favoritismos.

Sin vergüenza ni decoro —ni apego alguno a su integridad física, por cierto—, el mundo entero nos recuerda a las madres lo injustas que somos. Porque el mayor se lleva todas las broncas, el pequeño todos los mimos y, en caso de darse imparidad, el mediano, pobrecito mío, no se lleva nada.

Corren ríos de tinta y teorías varias sobre la miserabilidad de los medianos. Y en todas ellas son condenados, para pavor parental, a una vida de tormento, traumas dispares y frigidez emocional. Claro, con esas infancias solitarias, heredando bodis de uno y expulsado del cochecito por el otro, ¿qué otra cosa se podía esperar? ¿No?

Los cojones.

Para que se enteren, los medianos viven como Dios.

Si no me creen, pregúntenle a Destroyer si está descontento con su emplazamiento en la línea sucesoria. Les dirá que no, claro, porque el niño de tonto no tiene un pelo y domina a la perfección el arte de hacer siempre lo que le sale del huevo y, gracias a la cooperación fraterno-jocosa, llevarse sólo un tercio de la bronca. Como Dios.

El procedimiento es simple, aviso. Consiste, básicamente, en poner en marcha la gamberrada que le apetece en ese momento, contagiar al Mayor con una risa diabólica *meloestoypasandoquetecagas* e invitar al pequeño, por naturaleza deseoso de pasatiempos que no incluyan el collejeo sistemático de su mollera. Y les advierto que siempre se sale con la suya.

Como toda muestra requiere un botón, les ilustraré con un broche el tipo de escaqueo maquiavélico al que me refiero. El suceso en cuestión ocurrió hace unos meses, cuando mi tormento mediano se encontraba en una peculiar fase de su saludable desarrollo psicosocial, conocida entre las contritas madres como fase exhibicionista.

Durante un porrón de semanas, la obsesión de Destroyer consistió en la divulgación de su pito, su culo y las grandes tetas de toda fémina que se le cruzase por delante (ya fuese la quiosquera o mi madre). Por suerte para mí, el Mayor —que debe de estar a puntito de empezar a crecer por partes y convertirse en lo que se conoce como adolescente común— no solía entrarle al trapo cuando de espacios públicos se trataba; y el pequeño, por muy divino que lo tenga, aún llevaba a todas partes el pandero envuelto en celulosa.

C'est la vie y gallifante para mí, pensé con la maldad propia de una madre con razón. Una maldad que, por supuesto, me tuve que tragar. Entera y sin masticar.

Después de uno de mis viajes-suicidio en solitario con los tres, conseguimos aterrizar sanos y salvos a las 11.30 en el siempre elegante aeropuerto muniqués. Como de costumbre, previa entrega de séquito infantil al padre que los fecundó, me dirijo a recoger bártulos propios y disfrutar unos minutos del silencio aeroportuario. Nada más cruzar la puerta, diviso a mi consorte apostado en el coche y hablando por teléfono. Debía de ser una conversación importantísima de esas de sábado por la mañana, porque el muy padrazo no se había percatado de la horda de taxistas rientes —vale, serían dos o tres— que señalaban el vehículo y le silbaban al orden.

Yo sí me percaté, claro. De eso y de los dos culos y un pañal asomando por la luna trasera del Touran. Y les juro por *Gott* que, si no llegan a pesar tanto las maletas, le tiro una a la cabeza.

No hará falta explicar que, por esta vez, a cada niño sólo le correspondió un tercio de la mitad del rapapolvo total. La otra mitad se la llevó entera su padre. Y otro entero por descojonarse.

CAPÍTULO 68

It's very difficult todo esto

Uno de los primeros sopapos de realismo que se llevan los Pepes cuando llegan a Alemania es que aquí, miren ustedes por dónde, se habla alemán.

Me consta que a muchos esta afirmación les chocará y que los habrá incluso tentados de no creerme, pero les juro por *Gott* que es la pura verdad. Palabrita.

Siento decirles que esos rumores que tan jovialmente campan por la geografía española anunciando la supremacía teutona, su mordernez, su opulencia y universalismo, tienen erratas. Y que Alemania, por muy motorizante que esté ahora, no comparte saco con sus vecinos escandinavos.

Aquí, a no ser que sean ustedes ingenieros supermolones en Siemens —y vivan en la oficina— o tengan una flor en el culo, van a tener que aprender alemán.

No crean que es porque sus parlantes le tienen especial apego a su lengua, qué va, que en algunas zonas la patalean sin clemencia ni recato; sino más bien porque, por estos lares, el inglés brilla por su ausencia.

Que sí, que sí, que ya sé que en España todos tenemos nivel medio tirando a regulero y que nos defendemos *more or less* o, si me apuran, más bien *less* que *more*. Pero no se vayan a pensar que en las Teutonias la lengua de Shakespeare sale más airosa.

La jerga de Goethe tendrá muchas declinaciones, verbos disueltos y tenderá a agrupar un porrón de consonantes, no digo yo que no, pero su dificultad no garantiza el correcto aprendizaje de otras menos cuadriculadas; y mucho menos cuando éstas están plagadas de falsos amigos.

O ya me dirán ustedes si el teutón común, cuando declara *«I become spaghetti»* en un restaurante, no se merece una réplica a la altura de nuesto presi, del tipo «¿no *it's very difficult* todo esto?».

Lo que ocurre, sin embargo, es que los alemanes sí creen que hablan inglés. No porque lo estudien desde la cuna o vean películas sin doblar —lo que no hacen, por cierto—, sino porque no germanizan los anglicismos, ni los nombres británicos cuando parlotean entre ellos.

Verán, un español hablando con su amigo de Alcorcón —o por la radio, la tele, o dondequiera que se le escuche— siempre dirá *sangüich*, *espíderman* y *FAQ*. Y se quedará más ancho que largo.

Un alemán no, nunca. Siendo fiel a su fonética, en teoría tendría que hablar de *sanfij*, *spiderrrman* y *FAK*; pero, como ya les he dicho, aquí son muy modernos y hablan inglés, y ya sea hablando con uno de Alcorcón, de Múnich o de Londres, siempre dirán *senduich*, *spaidermen* y *ef-ei-quiu*.

Con esto quiero decir que cualquier ibérico no pedante y poco intenso será propenso a la burla y acomplejamiento por germano, sin que importe dónde se encuentre y en qué idioma hablen. Y es que impresiona que no vean estar escuchando una conversación animadísima sobre un tal *Pop-ai* y darte cuenta al rato, más o menos cuando llegan a la parte de las espinacas, de que están hablando de tu Popeye de toda la vida de Dios. Uno pensaría —y con razón— que menudo nivelazo deben de tener estos rubiales si, hasta en su más tierna infancia, se evadían en *english*.

A estas alturas de mi germana aventura, ya no me deslumbra su británico intercalado; no obstante, me molesta un huevo que se carcajeen a mi costa trampeándome a veces, cuando el vino me subyuga, para que les recuerde cómo se llamaba ese actor de tal película, o qué marca de coche conducía este otro en la de más allá. ¿Cómo? ¿A ver? Repítelo otra vez.

Ja, ja, ja, qué cachondos, ¿verdad?

Yo sonrío, claro, me sumo al jolgorio y me troncho con naturalidad. Pero sepan que me río mucho más, aunque interna y desapercibidamente, cada vez que visitan tierras cálidas y se piden con la comida una *majú* bien fresquita.

CAPÍTULO 69

Positivismo

El gentío, real y virtual, suele preguntarme por el secreto de mi supervivencia cerebral y aclimatación dicharachera en el mierdapueblo.

Y yo, que entiendo perfectamente que después de cuatro años en el *culen* del mundo mis planes de perpetuidad por estos lares generen estupefacción e incógnitas a tutiplén, soy tan maja que se lo voy a revelar.

Les sugiero que rebajen sus expectativas y no esperen de mí recetas milagrosas. Que yo sepa, hasta el momento no ha sido combinado remedio químico a tal efecto, ni en Vips encontrarán manual punsetiano alguno que les adiestre sobre felicidad agraria en doce pasos. Y no, el Maromen no me trae flores a diario.

El clavo ardiendo de mi resistencia mental en esta pequeña aldea germana no es otro que el positivismo sin mesura (y las tartas, vale).

¿Que no hay peluquería decente en varios kilómetros a la redonda (concretamente hasta pasada la frontera)? *Kein Problem*, ¿no hace un frío de narices y hay gorros ideales?

¿Que son las cinco de la tarde y ya es noche cerrada? ¡Mucho mejor! ¿No dicen que el sol es malísimo para la piel y que te acentúa las arrugas?

¿Que tienes a tu madre lejos? Una pena, sí, pero ¿no sería pelín cargante y una amenaza para tu estabilidad matrimonial que viniese a reorganizarte el salón todos los domingos?

Ya lo ven, a vueltas de tortilla aquí persevero; y debe de ser que soy un rato convincente, porque algunas me las he creído a pies juntillas. Sin ir más lejos esta última, la de la madre española tipo —la mía—, sofocante e intensa toda ella, obcecada en redecorarme la vida y arrastrarme a la peluquería.

Adentrarme en sus dominios, garbosa y sin recelo, es un arte que he perfeccionado a lo largo de los años: que si la ropa estaba planchada pero ha llegado así por la maleta, que si los niños se han vuelto a cortar el pelo ellos solos, que si a mí se me ha roto el vaquero ahora mismito en el avión...

Más difícil, eso sí, es cuando ella se persona en los míos. Un año entero para desaprender modales ibéricos da para mucho, no lo subestimen; y es saber que vienen los *agüelos* y entrarme un tembleque de hija desleal que ni se imaginan.

Durante los cuatro días que suelen durar sus visitas mantengo bien *agarraíta* mi dignidad de adulta y paridora de tres y procuro no inmutarme ante los interrogatorios sobre el paradero de la televisión, los juguetes de plástico o una cómoda con marquitos; respiro hondo antes de informar sobre la imperiosa necesidad de descalzarse en la puerta, sobre todo en otoño; me esfuerzo por no perder la calma durante la enésima aclaración de reparto basuril por colores, formas y sabores; e intento justificar dulcemente por qué el grifo no se deja abierto lo que dure la fregada.

Sería un pelín cargante y una amenaza para mi estabilidad matrimonial que viniese a reorganizarme el salón todos los domingos, ¿verdad que sí?

Mas luego resulta que precisamente esa intensidad española y esas ganas de adecentarme la existencia son las que meten una gallina al vacío en su maleta. Justo al lado de la redecilla para los garbanzos y el chorizo de Cantimpalos. ¿Se imaginan un cocido madrileño de su madre en el *culen* del mundo?

Eso, y un congelador lleno de tuppers de lentejas, no hay positivismo que lo arregle. Y yo ahora me voy a leer a Punset, a ver si me da fuerza o algo. Snif.

CAPÍTULO 70

Donde las dan, las toman

Hay cosas —por peligrosas— con las que uno no debería jugar nunca; como por ejemplo el fuego, una embarazada sin desayunar o los sentimientos del *maromen*.

El primero te puede quemar, la segunda morder y el tercero... conocerte mejor de lo que tú pensabas.

Ruego no se me tache ahora de pérfida sin sentimientos, que el órdago estaba más que justificado. Al parecer, en esta casa la única que padece de empatía crónica y se pasa el día procurando incrementar la dicha doméstica soy yo. Y no es justo.

Que si uno prefiere el chupete azul, que si a otro le gusta la comida templada, que si el de más allá sólo duerme bien con su edredón de *cojonitos*, que si el más grande se inclina por las películas de macizas combativas... y un larguísimo etcétera.

¿Y yo qué?, pensarán ustedes; y lo harán con toda la razón del mundo.

Porque yo, que estaba llena de ambiciones y creía tener las ideas claras, ya no me reconozco: pienso en añil, como del tiempo, no compro nada que no lleve un conejo zurcido y Lara Croft se ha convertido en mi ideal de mujer. Deprimente.

Pero entonces llegó el fútbol a mi vida y el muy mamón quiso quedarse. Yo, que siempre he renegado de este deporte, que sólo me interesa cuando juega España contra Alemania —y sólo cuando gana la patria—, me encontré un buen día con un escolar aficionado y cabezota, blandiendo exigente los horarios de entrenamientos y partidos. Acabáramos.

A mi favor diré que fui aplicada y complaciente. El niño fue llevado, animado, recogido, consolado y felicitado todos los miércoles y algunos sábados desde el inicio del curso. Por mí, claro, que al Maromen eso del fútbol no le interesa y según él su madre nunca le compró una pelota. ¡Ja!

Entenderán pues que cuando se me presentó una oportunidad para contagiarle algo de empatía doméstica a mi consorte no pudiese negarme, ¿no?

Resulta que el entrenador —un pedazo de turco de segunda generación recién separado y cuya visión en chándal, me consta, es una de las razones por las que las *Übermutter* siguen con pasión los entrenamientos de sus polluelos— hace un tiempo me citó por equivocación a siete pueblos de aquí para un partido. Un sábado a las ocho de la mañana. Supongo que para no morir lenta y dolorosamente a manos de una madre desquiciada, me sobornó con un café en el descanso.

Bocazas que es una, cuando llegamos a casa le relaté al Maromen nuestra aventura, café incluido. Él, de natural horchatoso, me sorprendió con un retintín celoso al preguntarme si era simpático el entrenador ese.

Y yo le dije que sí, que mucho. Y la semana siguiente que con los niños es un encanto, oye. Y la siguiente que, fíjate tú, creo que le gusto un poco.

Rodada me ha salido la jugada, pensé el siguiente miércoles mientras despedía a la división masculina al completo de mi hogar. Se acabó el fútbol para mí.

Feliz cual perdiz empecé a hacer planes de futuro, asignándome para esos días la manicura, un baño con sales y la lectura del periódico.

Bien, pues fui gilipollas integral. A la pregunta de qué tal cuando regresaron al nido, mi señor marido me dijo que guay. G-u-a-y. ¿Guay? Sí, guay. Estaba la madre del italiano, esa bajita tan guapa, ¿sabes quién es? Pues es muy simpática.

Y ya. A mí no me hace falta nada más. Ya se imaginarán quién se ha quedado los miércoles sin manicura, sin baño y sin periódico, ¿no?

CAPÍTULO 71

El secreto

Uno de los muchos quebraderos de sesera que me acarrea esto de la educación bicultural es el tema de los repartidores mitológicos de regalos y chucherías.

Más de seis años llevo intentando gestionar cesiones y arriendos pacíficos entre rivales imaginarios, ampliando crónicas y planteando cuestiones de logística; todo para proteger la inocencia infantil y tener las Navidades en paz.

Y lo estaba consiguiendo, no se crean. Este año el acuerdo ecuménico —si bien se sostiene por los pelos— parecía satisfacer todos los requisitos alemañoles con bastante dignidad.

Nikolaus claro que se va derechito a España nada más salir de las Teutonias; pero como va andando, lleva la mitra esa incomodísima en la cabeza y el pobre está ya mayor, jamás consigue pasar de la Costa Brava (donde se queda a pasar el invierno y a cuidarse el reúma, por cierto).

A todo esto, Papá Noel es el primo de Nikolaus, y de ahí que se parezcan tanto. Pero Noel es mucho más joven y, sobre todo, más moderno, por eso tiene un trineo molón volador y se hace varios países en una noche. El problema es que aquí en Alemania hace un frío de *peloten* y, por esas fechas, además, hay riesgo de ventisca; así que, como en esas condiciones andar por ahí volando con prisas a merced de unos renos de casa en casa es muy peligroso, por el norte le releva el *Christkind*, que lleva las alas incorporadas y además es rubito y camuflable.

La falta de Reyes Magos, no obstante, me estaba resultando harto embrollada de justificar; sobre todo porque, viniendo de Oriente, Alemania les pilla mucho más de paso que la casa de sus *agüelos* en Madrid, ¿no? Entenderán ahora mi alegría y regocijo cuando, las pasadas Navidades, me encontré en el periódico con que el *Ober* terrenal del protocolo navideño afirma que creíamos mal y que el trío soberano es de Huelva.

«Cojonudo —pensé—, he conseguido salvar a los Reyes.»

Y ansiosa andaba yo aquellos días, esperando alguna preguntita de esas cojoneras del Mayor para poder encasquetarle un discurso sobre el entorno climático del camello común y su poca tolerancia a la rasca teutona, cuando me salió por un sitio totalmente inesperado.

A saber, que tres amigos suyos del cole afirman rotundamente la falsedad de obispos, angelotes ajesusados y monarcas orientales. Que son los padres, dicen.

Ojiplática y espeluznada, sólo atiné a apuntar: «Ah, pues yo desde luego que no soy.» «Pues entonces serán los abuelos», me contestó el mamonazo.

Terriblemente afligida, decidí comentar el asunto con Maromen, a ver si juntos conseguíamos elaborar una estrategia de reencantamiento infantil eficiente. No se imaginan cuán amarga fue mi sorpresa al conocer la teutona tradición de pragmatizar a los niños lo antes posible.

«¿No va ya solo al colegio? ¿No se hace la cama por las mañanas? ¿No está aprendiendo a leer? ¿A sumar? ¿A pensar? Pues ya es hora de que deje de creer en fantasías disparatadas, mujer, que ya tiene una edad.»

Mi gozo en un pozo. Ni dos horas de batalla dialéctica consiguieron bajar al Maromen de la burra; y miren que le eché en cara argumentos de peso, como su fe ciega en falacias más actuales tal que el Estado del bienestar de su querido *Land*. Pero ni con ésas, oigan.

Con lo que, empero, mi querido marido no contaba era con mi legado cultural, ese que me ordena que por mi hijo MA-TE. Así que, viéndome sola en la lucha por la ingenuidad de mi niño, eché mano de mi dilatada experiencia en volteamiento de tortillas y me dispuse a planificar el asesinato de unas cuantas reputaciones.

Como quien no quiere la cosa, aproveché una noche que me tocaban encamamientos y volví a sacarle el tema al aplicado escolar. Cuando me volvió a explicar eso de que sus amigos habían descubierto la verdadera identidad del *Christkind* por irrefutable pillada a progenitor dádivas en mano, supe que había llegado el momento. Primerísimo de todo le confirmé que sus camaradas decían la verdad; y, una vez embolsada su confianza, le expliqué que, cuando los niños se portan muy mal, la única magia que les trae regalos es la del dinero. De sus padres, concretamente.

Además de la ilusión navideña, ahora compartimos un secreto. Lo que no sé es cómo de apaleada saldrá mi reputación cuando descubra el reengaño.

CAPÍTULO 72

¿El huevo o la gallina?

Hace ya un tiempo, en los albores de mi desintegración cerebral, leí en algún sitio que las mujeres que tienen sólo un hijo están mejor de la azotea que las que tienen dos; y las que tienen dos mejor que las que tienen tres y así en sucesivo.

Vamos, que el número de hijos es inversamente proporcional a la firmeza sesera de la madre que los parió (y a la dermatológica también, por cierto).

Lo que el relato de marras no especificaba —o sí, no olviden que yo ya tengo tres— es si la locura de la moza era de serie o si acaso prosperaba con cada horneada infantil. O lo que viene a ser la perpetua incógnita del huevo y su gallina de toda la vida de Dios.

Díganme ustedes, ¿estaba yo así de mal ya antes de pasar por el paritorio? (Inciso: la opinión de mi madre es subjetiva y no tiene validez alguna en este asunto.) ¿Supuso Destroyer un punto de inflexión y desplome en mi armonía interior? ¿Eran las voces igual de pesadas antes de nacer el del Rizo?

Estas y otras cuestiones de índole emparentada me atormentan ocasionalmente. Pero en épocas invernales en las que la nieve, el frío, el viento y el tajo del Maromen conspiran con éxito para recluirme durante horas en pueril compañía de tres, pasan a convertirse en obsesión enfermiza.

Hacerle vudú mental a la profesora del Mayor a la par que explico con candor la técnica de la sustracción por enésima vez requiere el funcionamiento de personalidades autoexcluyentes de forma simultánea. Si a esto le añaden una reprimenda contundente al del Rizo por atornasolamiento de paredes, son tres identidades y dos de ellas en voz alta. Si además resulta que los rotuladores del delito son de Destroyer y éste quiere reconquistarlos por la fuerza, no queda más remedio que invitar a la personalidad consolante para el herido, redirigir la amonestación al hiriente y tratar de suplicarle con sosiego al primogénito desatendido que se espere un momentito. Todo esto a la vez; en tandas de diez a quince minutos; cada tarde durante semanas.

Me entienden, ¿verdad? ¡¿Verdad?!

Pues bien, creo que he resuelto el enigma.

Fue sin querer queriendo, como suelen pasar estas cosas, que ya me dirán ustedes si una escapada de consumismo navideño con el Maromen y el Mayor a la metrópoli, en plena ventisca del infierno, les parece un entorno apropiado para revelaciones metafísicas.

No, claro que no lo es. Porque nos pasamos el día patinando de tienda en tienda, cargados de cajas y bolsas, con una hora para comer y mucho tráfico por delante. Y el niño —que no me pregunten por qué tipo de asamblea pedagógica se le cerró ese martes el colegio— pisándonos los talones. Sin rechistar; ni llorar; sin piruetear por el restaurante; sin despedazar adornos purpurinosos, ni desvalijar acicalados abetos; sin pañal, ni chupete, ni siesta. Un deleite de mesura y discreción todo él.

A mí, por mi parte, no me habrían reconocido: peinada, sin gritar ni amenazar, sin chorretones en la ropa, con el bolso libre de galletas. ¡Un primor de mujer! ¡Un ejemplo de sosiego maternal!

Pero esa dama expiró; exactamente diez minutos después de recaudarle los otros dos a su abuela.

He vuelto a ser la calamidad anímica de antes. Aunque más sabia, eso sí, no olviden que resolví el enigma de la demencia materna:

Señoras, ya sé que huelen muy bien y tienen esos piececitos, pero... plántese quien pueda.

CAPÍTULO 73

Igual-da

Tener un hijo es una gran responsabilidad. Tener tres, una locura. Que los tres te salgan testiculares es, lo miren como lo miren, castigo divino.

No sólo porque sean más brutos, más movidos y te vayan a abandonar por una lagarta cualquiera, que también, sino porque como madre, como mujer, su adiestramiento en la equidad genérica depende de ti y sólo de ti.

Gracias, Freud, que te den.

De naturaleza idealista y bastante cojonera, con tesón y esmero batallo a diario por un empate genérico en nuestra armonía familiar. Y no se crean que está siendo fácil, oigan, que mis rorros serán muy cafres, pero de un sutil que ni se imaginan.

A la espera de su erupción semántica, empecé por los juguetes. Nenucos, cochecitos y una cocinita monísima se dividen nuestro espacio con tractores, balones y helicópteros, en estricta paridad de condiciones. El apelativo *de niña* se tolera únicamente para designar al correcto usufructuario de los tampones; por seguridad más que nada.

Les parecerá esto baladí y de aplicación tirada, y no seré yo quien se lo niegue. Al fin y al cabo, un juguete es un juguete y lo van a ignorar de cualquier forma.

Mas mi principal obstáculo, en esta misión de sexual equiparación que me he encomendado, es la vida real.

¿O conocen ustedes a muchas parejas que vivan en asociación? Yo desde luego que no. Conozco, eso sí, a padres muy serviciales, puntualmente auxiliadores y estupendos colaboradores; y a madres natas, que dominan el difícil arte de la delegación y los preceptos eficaces; pero auténticas asociaciones igualitarias, pocas, tirando a ninguna. Ni siquiera la mía.

Nuestro particular caso tiene, además, un problema añadido; y es esa mala fama que ostentan tanto el ser ama de casa como la media jornada.

Años llevo bregando con un espécimen de adulto masculino común, de esos que esconden los calcetines debajo de la cama o depositan el pañal sucio al lado de la basura; con una mentalidad femenina obtusa, la teutona, de las que cuando comentas que quieres volver a trabajar, te contestan que para qué quieres limpiar otros baños, teniendo ya el tuyo; con tres polluelos que entienden el quedarse en casa como enfermedad o vacaciones, y como yo no toso...

Entenderán pues que haya momentos, días, semanas enteras que me lleven los demonios y me consuma la rabia. Y que sea justo este coraje apasionado, que muchas veces eleva un grano de arena a una montaña, el que en ocasiones haga todo lo contrario.

Pero ya me dirán qué le contestan a su hijo de seis años cuando pregunta si su padre es más listo que usted. Que no, claro. Pero ¿qué pasa si le pregunta que por qué él es jefe en un *Büro* y usted no? ¿Y si, además, la pregunta le pilla pescando calcetines debajo de la cama (doce, para ser exactos)?

Pues que estalla, claro, y le regurgita una argumentación infantilizada sobre la masculinidad del poder, la autoridad del pito en la sociedad, sobre la desigualdad de oportunidades, de salarios y hasta de libertad social. Porque tu padre tiene pito y el mundo es injusto, vamos.

De inmediato recuperé la compostura, no crean, que una estará trastornada pero el norte no se pierde tan a la ligera; sobre todo si el pobre infante la observa ojiplático y algo azarado. Así que, dulce y amorosa de nuevo, dispuesta a calibrar el alcance de mi airado discurso, tuve a bien disculparme primero y preguntar después:

—¿Has entendido algo de lo que he dicho?

—Eeeeh... no mucho, mamá... —respondió él—, porque yo también tengo pito y la jefa aquí eres tú..., ¿no?

CAPÍTULO 74

De umbrales y fronteras

Tengo una noticia que darles y no sé por dónde empezar.

Bueno, sí, por el principio, claro, que es que yo me he pasado años negándome a ver lo evidente.

Verán, resulta que Maromen es español. Y a mucha *honrrra*, me dice.

Hasta hace poco estuve haciéndoles el vacío a los indicios, que iban desde el descojone general cuando le presentaba como alemán, hasta el desgañitamiento absoluto cuando lo juraba por *Gott*. Y es que es verdad que mucha pinta de teutón no tiene.

Empezando por su pelo *renegrío*, su nariz aristotélica y una perturbadora tendencia al cañí en los meses estivales, el padre de mis polluelos podría pasar perfectamente por el hijo de Manolete. Es más, no hay verano en las Hispanias que no tenga que desmentir el parentesco.

Pero a pesar de esto, yo siempre le había creído de alma germana.

Esa manía de mezclar zumos con agua, las reprimendas por embucharme el embutido sin pan, esa sujeción de tenedor, la ausencia de pan en las comidas..., todo apuntaba a un ejemplar ordinario de teutón común.

Pero, sobre todo, lo que más me reafirmaba en mis pesquisas genealógicas era su estoicismo ante los achaques varios y su fe ciega en la troleopatía y demás remedios abuelíles. Desde que le conozco, Maromen sólo toma tés varios y bolitas con denominaciones sobrecogedoras cuando está *krank*.

Y además intenta proselitizarme. A mí. Que vengo del país del Gelocatil de un gramo y los antibióticos regalados. Sí, a mí.

De exagerados nos ha tachado a los ibéricos los casi ocho años que llevamos conyugados. Tiempo durante el que, por cierto, ha estado batallando sin piedad contra cualquier manifestación llorosa o *sofá-manta* de mis indisposiciones.

Hombre, yo no les voy a negar que mi naturaleza sensible me hace a veces inclinarme hacia el engrandecimiento de algunos síntomas, y que más de un dolor de cabeza no era tal sino extenuación extrema y pocas ganas de verbena; pero de ahí a ignorar mis doloridos riñones gestantes o mis episiotomías hay un paso. En falso.

Mas la vida te da sorpresas, sorpresas te da la vida, y un otoñal domingo nos dio una detrás de otra. La primera de todas fue el monzón, que nos pilló desprevenidos aquí tan lejos de la India; después fueron unas rocas del jardín de mis *suegren*, que llevan ahí treinta años ignoradas pero que había que mover ese día o se acababa el mundo; más tarde fue una de esas rocas, que se puso juguetona y le dio por hacerse la resbaladiza; y la última fue la mano del Maromen, que se metió rápidamente debajo del pedrusco durante la caída.

El resultado fue un dedo corazón fracturado por tres sitios y dos puntos de sutura. Y una receta de ibuprofeno de 400.

Han leído perfectamente: fractura, sutura, ibuprofeno de 400. Alemania.

Mis dotes de enfermera serena, pulidas con fervor por los *polluelen* desde hace ya muchas primaveras, me mantuvieron diligente al pie de la tetera. Y así estuvimos dos días enteros, hasta que mi sufrido germano no pudo más y estampó los glóbulis en el retrete suplicándome que saliera en busca de una farmacia.

—No hace falta, cariño —le tranquilicé amablemente—, que yo tengo fármacos de ésos, de cuando di a luz. ¿No te acuerdas de que me los dieron para los dolores derivados?

Y ahí que empezó a prepararse el *Herr*, envalentonado ante esa extraordinaria coincidencia entre nuestras recomendaciones analgésicas y la equivalencia soñada por cualquier hombre entre un parto y cualquier cosa que le pase, a golpearse el pecho y soltar un lamento histérico y —ahora sí— justificado, cuando le entregué la mitad de una gragea.

—¿¡La mitad?!

—Sí, cariño, la mitad.

—¡Me muerrrrrrrro! ¡Dámela enterrrra!

—Cariño, en la receta pone de 400. Los que yo tengo son de 800; y sí, es porque dolía el doble.

Sin compasión alguna les informo de que no tardó más de veinte minutos en implorar la otra mitad. Y que, antes de entregársela, le hice jurar que nunca más me cuestionaría un quejido menstrual. Hua hua hua.

CAPÍTULO 75

¿De dónde vienen los niños?

Vivir en Alemania es, para mí, un reto perpetuo.

Sortear según qué obstáculos culturales y protocolarios me mantiene en forma el intelecto y me proporciona un montón de excusas legítimas para discutir con mi Maromen cuando estoy premenstrual.

Sobre todo cuando de educar a los frutos de nuestro amor se trata. Porque es que, verán, como aquí la letrada soy yo, me toca lidiar a mí solita con la instrucción teórica de los polluelos. Él ya se los lleva a cortar leña, dice el traidor.

Pero no se vayan a creer que es que me desagrada esto de la pedagogía especulativa casera, no, que con lo que me gusta a mí pegar la hebra y viviendo en el país de las formalidades y la racanería verbal por excelencia, la oportunidad me venía de perlas.

Serán unos repelentes adorables, frotábame yo las manos, unos feministas instruidos, los mejores de su clase. Contestaré a todas sus preguntas y jugaremos al Trivial. Leerán a Kant y discutirán sobre política sin insultarse. Un primor de niños, los yernos más codiciados, y todo gracias a mí (y a mi padre, que a bien tuvo pagarme la carrera).

Con lo que, empero, no había contado yo entonces era con mi sensibilidad desmesurada y mis nervios delicados. Que yo parloteo mucho y con gusto, sí, pero hay temas y coyunturas en las que más guapa estaría calladita. Me viene de lejos, no crean, que ya desde pequeña soy proclive a meter la pata y a tomar derroteros discursivos un tanto anómalos y perjudiciales.

Para que se hagan una idea, les diré que un día, en pleno borboteo adolescente, me armé de valor y le confesé mi pasión al platónico amor que me amargaba esos días por *sms*. Sin perder la dignidad, eso sí, que lo soberbio no quita lo valiente. Veinte minutos de monólogo después, convencida de haber evidenciado con claridad mis intenciones de inaugurar una relación formal, le pregunté al afectado que qué pensaba. ¿Quieren saber qué pasó? Pues que me abrazó. Y me dijo que consideraba un honor ser el primero al que notificaba mi cambio de acera.

Ésa soy yo cuando me pongo nerviosa, para que vean.

Así que imagínense mi jeta cuando el Mayor, con sus cinco años recién cumplidos y en un alarde de amnesia fraternal, apareció un día por casa preguntando por la oronda panza de mi amiga la Ayurveda.

Su cara de pánico al saber que ahí dentro se alojaba un bebé me hizo aclararle apresurada que no era que se lo hubiese comido, sino que lo tenía de mimado inquilino hasta que se dignase a salir de ahí. ¿No te acuerdas de mamá cuando tenía a tus hermanos en la tripa?

Sí, sí que se acordaba, claro. Y ahora, además, quería saber cómo narices hacíamos eso las madres.

Tentada estuve de recurrir a la génesis espontánea o al Espíritu Santo, no crean, pero, tras una colleja cortesía de mi maternal conciencia, decidí depilarme la lengua. Otro día, eso sí, que ahora me pillas un poco desprevenida.

Les juro que estuve una semana entera dándole a la mollera, mirando en Internet, preguntando a diestro y siniestro;

hasta me hice un croquis y ensayé delante del espejo. Y, cuando me sentí preparada, agarré el toro por los cuernos y le anuncié al niño la inminencia de la Charla.

—No hace falta, mamá —dijo él—, ya me lo ha explicado mi amigo Timo.

—¿Tu amigo Timo? ¿Y qué te ha explicado, si se puede saber?

—Pues todo eso de los huevitos, los bichitos que entran dentro de los huevitos y se convierten en bebés y eso.

—Ah. Bueno, pues nada. Pero si quieres saber algo más me lo preguntas, ¿vale?

—Vale.

—Bien.

—Mamá, hay una cosa que no entiendo muy bien.

—¿El qué, cariño?

—Si papá sólo tiene dos huevitos... ¿de quién es el huevito del que ha salido el del Rizo?

Si les digo que decidí mandarle directamente a su padre me entenderán, ¿verdad que sí?

CAPÍTULO 76
Enajenación mental transitoria

El pasado 23 de diciembre, fun fun fun, pusimos los pies en Barajas, y desde entonces apenas duermo, me acechan terribles pesadillas y la angustia y el miedo me consumen en presencia de mis padres.

No es para menos, les aviso, que mi madre me advirtió que esto no iba a quedar así y que, el día menos esperado, haría justicia. Aunque fuera lo último que hiciera en esta vida.

Mis progenitores han ignorado el aro, pero en mi defensa aduciré traumas infantiles varios y enajenación mental transitoria. Y un sentido arrepentimiento. Porque yo siento mucho haber hecho lo que hice; lo juro por *Gott*; palabrita.

Pero nada, que no, que no cuela. No ayuda mucho la cara de espanto de la multitud ibérica a la que rendimos visita aquellos festivos días; ni la de la gente con la que nos cruzamos por la calle; ni la de los dependientes de todas —pero todas— las tiendas; ni la del camarero del bar de la esquina.

Nos acecharon con su mirada, cuchichearon entre ellos, sonrieron con timidez y un poco de aprensión. También alucinaron, no crean, que el niño correteó dicharachero por los Madriles y engulló churros como si no hubiese un mañana. Y todos los que descubrieron la verdad, sin falta, se aguantaron las ganas de plantarme una colleja; bueno, mi abuela no se aguantó, no les voy a mentir.

Pero díganme ustedes, *bitte*, ¿qué habrían hecho en mi situación? De verdad, piénsenlo un momento, enfúndense mis zapatos un instante, se lo ruego.

¿Qué se les habría pasado por la cabeza si hubiesen crecido ustedes con mi pelaje, nirvana de cualquier parásito que se precie? ¿Si hubiesen sufrido cada plaga escolar de piojos? ¿Si su madre hubiese ejercido con diligencia de mamífera descendiente del simio hasta las tantas de la madrugada, pelo a pelo, noche tras noche? ¿Si hubiesen pernoctado en exceso con la cabeza inundada de vinagre?

Pues que hiperventilarían —y se rascarían enteritos— cada vez que oyesen pronunciar el nombre de tan *ajqueroso* animalito, por ejemplo. O que directamente enloquecerían a la vista de uno de ellos, ¿a que sí? ¿Verdad que sí?

Digan que sí, se lo ruego, y explíquenle a mi madre que lo que hice es normal, que es lo que cualquiera de ustedes habría hecho en mi situación. Que a cinco horas de cogerse un avión, un domingo en un pueblo de mierda a cuarenta minutos de la farmacia de guardia, sin vinagre y con las maletas aún vacías, no me quedaban muchas más opciones. Que fui práctica y atajé el problema de raíz. Que no soy peluquera, que qué se le va a hacer, pero que el pelo crece y que el que es guapo es guapo, ¿no?

Si hay algún profesional de la barbería entre ustedes, le suplico explique a mi madre que las maquinillas tienen su truco, que lo de la teniente O'Neil requirió horas de ensayo y que rapar la cabeza no es nada fácil, que está infravalorado.

Sobre todo al borde del colapso nervioso, rapando sobre esquilado, que yo juraría que al Maromen le dije «rapar» y no «afeitar», pero el muy mamón se lavó las manos. «Yo sólo cumplía órrrrrdenes», le estuvo repitiendo a mi encrespada madre; y luego por lo bajini le susurraba «de la loca de tu hija». Que se cree que no le oía, el muy traidor.

Vale, es verdad que él no ha tenido nunca inquilinos en la cabellera, y que yo gritaba mucho y muchas cosas, pero aun así, era de cajón que algo de pelo se podía haber dejado, ¿no?

Menos mal que sólo cayó un polluelo; aunque la mala suerte quiso que fuese el querubín canalla. Que sepan que no le quedó ni uno solo de sus rizos y que lució en la cabalgata una cocorota jaspeada.

El pijama de rayas, eso sí, era del año pasado. De la misma tienda en la que mi madre me ha encargado uno a mí, para cuando me haga falta.

CAPÍTULO 77

Desinformación

En estos tiempos de crisis que corren, estar casada con un alemán implica tener que abogar por el diablo en más de una ocasión; y en más de dos.

Porque es que verán, señores, hay cosas que los teutones no entienden.

De natural precavidos y *agarraos*, consideran que los ibéricos viven por encima de sus posibilidades. Ellos y sólo ellos.

Y es que aquí se estila el alquiler hasta edades avanzadas, se paga a medias en todos los restaurantes, se sale poco y se bebe vino —barato— o cerveza. Pero, sobre todo, se asumen las consecuencias. Pocos son los teutones que no pinten ellos mismos sus casas, o las limpien, o laven su coche, o vistan a sus hijos con ropa de octava generación. No importa cuántos ceros ostente su cuenta corriente, si son pocos o demasiados, el germano común entiende que el papel de regalo se reutiliza y que, si vive en una casa, es porque su mujer puede limpiarla.

Que en España, a pesar de su mileurismo recalcitrante —y muy injusto, por cierto— y su monstruoso desempleo, los *smartphones* proliferen y los bares sigan llenos provoca cierto repudio por estos lares; pero, sobre todo, incomprensión.

De todas formas, aviso que en las Hispanias también reina la desinformación en lo que a dominios merkelianos se refiere. Porque cuando comento en mi patria nuestra condición familiar numerosa y mi cometido laboral a media jornada, el gentío suele imaginarme con un pomposo caniche amarrado a longanizas, una encofiada filipina, dos Mercedes y asuetos mensuales en *Malorca*.

Nada más lejos de la realidad. Alemania será muy rica y motoriza el continente, no digo yo que no, pero sepan ustedes que una de las razones de su pavoneada opulencia son sus rancias costumbres. Si viviésemos como —se ha vivido— en España, estaríamos ahí ahí.

Mas no crean que me quejo, oigan, que yo en las Germanias he aprendido muchas cosas y, poco a poco, me voy quitando del consumismo masivo y obsoleto que imperaba en mi pasado. Pero como dicen las sabias lenguas, menos la hermosura todo se pega y, aquí en este nuestro matrimonio, la transferencia cultural ha sido equitativa.

Aunque el Maromen no se haya dado cuenta.

Porque como buen teutón, no entiende una mierda de lo que pasa en España, y era sacar el tema a colación y achacarlo todo a la especulación y al haber vivido por encima de nuestras posibilidades. Petardo.

Intentando explicarle sin éxito que la especulación existe desde que se inventó el dinero, y que aquí en las Teutonias serán más prudentes pero que se da igual que en mi querida Península, no quise desaprovechar aquella oportunidad telefónica de hacerle un croquis.

Será que fue una mala época y que acabé hasta el *moñen* de sus continuos viajes; o que los niños estaban especialmente pesados a esa hora del día; o que hubiese matado por la filipina, o por tener a mi madre cerca. El caso es que, cuando, después de cinco días sola con los polluelos, me llamó desde el culo del mundo para ver qué tal, no me pude controlar.

—Bah, ¿y tú?

—Yo bien, cansado. ¿Qué tal tú sola con los niños?

—¡Meeeeec! Pregunta incorrecta, cariño. La pregunta correcta es «¿cómo de caro tiene que ser tu regalo?».

—Ah, *klar. Entschuldigung.* ¿Cómo de caro tiene que ser tu regalo?

—¿Te ha tocado la lotería?

—Eeeeh... *nein.* ¿Por?

—Pues porque, en ese caso, mira tú por dónde, resulta que estás viviendo muy por encima de tus posibilidades.

CAPÍTULO 78

La suerte de la fea

Se dice, se cuenta, se comenta que la suerte de la fea, la guapa la desea.

Y, miren ustedes por dónde, es verdad verdadera.

Aunque personalmente no me gusta llamarlo suerte, sino gracia y salero, lo que no tenía yo tan claro es si en este lance particular de lo que se trata es de natural equidad retributiva o instinto de supervivencia.

Tal y como está el mundo, les parecerá esto una tontería, pero a mí es un tema que me preocupa sobremanera. Porque es que verán, yo a mis polluelos los quiero mucho y a todos igual, pero ciega no estoy.

Sé que el mayor es guapo y que el pequeño volverá a serlo en cuanto le crezca pelo; pero mi Destroyer, señores, es un tema aparte.

Siendo como es el que más se me parece, me consta que con los años mejorará un porrón y que no tendrá nada que envidiar a sus agraciados hermanos; pero, de momento y muy a pesar de su respingona naricilla y su boquita de piñón, en lo que a guapura se refiere no tiene nada que hacer.

A una cocorota de dimensiones adultas y unas orejas asoplilladas, añádanle una paleta desaparecida, otra *renegría* y una extensa cicatriz en el párpado derecho. Y una risa malévola y mucha —pero que mucha— energía. Con decirles que este Halloween triunfó de Frankenstein y sólo tuve que simularle los tornillos se harán una idea aproximada de la facha del mediano.

Supongo que ahora entenderán mi extrañeza al comprobar su supremacía salivante entre féminas de todas las edades, estando como está el niño flanqueado por dos bellezones proporcionados y más o menos civilizados.

Años llevo intentando desvelar el misterio, barajando a diario infinitas posibilidades que me aclaren su irresistible atractivo más allá de mí misma, que al fin y al cabo soy su madre y me resultaron todos guapos hasta recién paridos y *arrugaos*.

¿Será que dice *cojonito*? ¿Que juguetea con su pelo cuando está cansado? ¿Será que dulcifica la voz cuando pide galletas? ¿Que todos sus peluches se llaman «Fresa»?

Pero nada terminaba de convencerme. Al fin y al cabo, todo esto no son más que gajes de la edad y cualquier rorro a los tres años encandila a disparates.

Me sorprendía acuñando términos como karma compensativo, justicia existencial o equidad reproductiva y fascinada por el egoísmo del gen y el saber hacer de la madre naturaleza.

Hasta que un día, no hace mucho, me di cuenta de que eso del karma es una chorrada y que la naturaleza con lo que ha compensado a Destroyer es con un cerebro privilegiado y un extensísimo morro. O ya me dirán ustedes si es normal que me llame mi compañera de despacho una tarde llorando a moco tendido. De la risa. Porque su íntima amiga resulta ser la que lleva la comida a la guardería todos los días y la acaba de llamar también llorando; y también de la risa.

No te lo vas a creer —me decía entre jocosos espasmos—, pero al terminar de entregar los pucheros se le ha acercado tu mediano y le ha dicho, así tal cual: «¿Sabes? Cada día estás más guapa.»

Féminas del mundo, sabed que estáis perdidas. Porque ahora os hará mucha gracia, pero cuando se estire y tenga dientes os va a traer de calle. A todas.

CAPÍTULO 79

Duelo maquiavélico

Vaya por delante que yo al Maromen le quiero mucho, como la trucha al trucho.

Pero es que, verán, el pobre no me llega ni a la suela del zapato.

No porque sea menos guapo, menos listo o más torpe (que no lo es, por cierto). Lo que le ocurre al Maromen es que es hombre y, encima, alemán; y esto sí que no lo puede remediar.

Lo intenta con tesón y esmero, eso sí, y no voy a negarles que con los años ha mejorado un huevo; pero debe de ser que le falta malicia y picardía, o acaso es que sólo sabe utilizarlas para fines lúdico-festivos; porque lo que se dice beneficiarse con ellas, no se ha beneficiado nunca.

Criaturita.

Para colmo, les recordaré que yo soy una inocentona de manual. Que me lo creo todo, vaya. Que es que la primera vez que vine a recoger al Maromen al mierdapueblo, allá en los albores de nuestra relación, seguí sus instrucciones a pies juntillas y me vine desde Berlín con sobrepeso en la mochila y regocijándole la tarde al revisor del tren; porque tienes que bajarte en la estación central y en mi casa cenamos todos los días de gala, me dijo el mamonazo. Luego resultó que la estación por la que pregunté era única, en mitad de la pradera, y que en la mesa no había ni servilletas.

Así que imagínense lo fácil que lo tiene.

Pero lo dicho, que aparte de para jocosearse un rato de mi inocencia, sus dotes de manipulación dejan mucho que desear.

Eso o que las mías se han afinado con los años y los hijos, que el instinto de supervivencia es lo que tiene, que espabila a la más ñoña.

Y yo me he espabilado que no vean. Para que se hagan una idea, les confesaré cómo he conseguido diez minutos de privacidad matutina para acicalamiento personal —todos los días— y pasear con nocturnidad únicamente en días alternos.

Lo primero porque a mi germano cónyuge se le ocurrió señalarme unas patas de gallo, poniéndome así en bandeja el argumentarle un rato sobre la importancia de la autoestima y todos los medios cosméticos que necesitaba para arreglar ese desaguisado; pero, sobre todo, que si me sentía guapa, me dolería menos la cabeza por las noches. Lo segundo, porque como él decía siempre aquello de que duerme como un tronco y no oye si algún niño llora, ¿cómo iba a molestarle entonces que me los trajera a la cama? ¿No? ¿No dices que no te enteras de nada?

Como ven, poco a poco he ido ganando terreno, picoteando en mis derechos aquí y allá donde se presentaban oportunidades e imperaba la necesidad. Así que, cuando los rorros se agrandaron lo suficiente, y hasta el *moñen* ya de los continuos viajes del germano, decidí que había llegado la hora de escabullirme a solas un fin de semana.

—Vale —me dijo él—, claro, te lo *merreces*. Disfruta que yo me ocupo de todo.

Y lo hizo, vaya que sí. Lo que pasa es que debió de ser más duro de lo que había supuesto, que ya sabemos todos que no son lo mismo dos horas que dos días de paternidad en solitario. Con ojeras, agotado y sin rastro de paciencia me recibió a la vuelta un apiltrafado Maromen.

Digo yo que fue su instinto de supervivencia y las pocas ganas de repetir la experiencia lo que le llevó a sacar la artillería psicológica. Y no iba por mal camino, oigan, que, cuando se me acercó el Mayor al día siguiente y me dijo que su padre no los había bañado en todo el fin de semana, se me escarpiaron los pelos y todo.

Pero cuando continuó cual lorito con su retahíla aprendida, contándome que habían comido espaguetis todos los días y que, estando Destroyer enfermo, únicamente había sido tratado con «bolitas», divisé el orondo plumero y decidí que de aquí sólo podía salir un campeón.

Inspiré, espiré, puse la mejor de mis sonrisas y, con el tono más dulce jamás escuchado a una madre de familia numerosa, ataqué:

—No te preocupes, cariño. Dile a tu padre que no estoy nada enfadada. Lo que pasa es que el pobre no está acostumbrado a estar solo con vosotros; pero que no se preocupe, que me iré más veces de viaje, para que coja práctica.

Muahahahaha.

CAPÍTULO 80

¡Inocente! ¡Inocente!

Desde hace unos meses, cuando me acuerdo, ensayo un rato esa mueca de asombro y alivio infinito que tan bien les salía a los famosos cuando veían aparecer a Juan y Medio tras los bastidores cargando un orondo ramo y aquel muñeco lechoso y anodino que lleva siglos simbolizando las bromas más pesadas.

Es más, hay días en los que incluso me peino y tizno mis pestañas; y tentada he estado varias veces de ponerme tacones.

Pero nada, oigan, aquí no hay cámaras a la vista y todos parecen proseguir su vida con absoluta normalidad.

¿Seré yo entonces la lunática? ¿Aquello iba en serio? ¿Esto es el motor de Europa?

Porque es que verán, hace unos meses tuvimos reunión de padres —más bien de madres— en la guardería. *Elternkaffee* lo llaman aquí; una reunión informal de progenitoras, con los niños a buen recaudo pedagógico, para poder charlar, conocerse mejor e intercambiar impresiones sobre el funcionamiento didáctico y organizativo del jardín de infancia en cuestión.

Admito que esas reuniones me matan del aburrimiento y suelen dejarme un regusto bastante amargo; y es que, después de más de cuatro primaveras llevando y trayendo niños y compartiendo *Elternkaffees* dos veces al año, todavía no sé ni cómo se llaman ni a qué se dedican la mitad de las *Mutter* con las que me cruzo a diario.

En esas reuniones lo que suele imperar son las caras de pedo y las preguntas inquisitivas sobre quién habrá traído piojos a la guardería o si esa tarta es casera o de sobre. Un supino *koñacen*, sí, pero que no conviene perderse, no vaya a ser que aprovechen las *Übermutter* para votar en mayoría y achicarnos más los horarios o retrasar la edad de aparcamiento infantil permitida. Así que ahí estoy yo siempre, discreta pero segura, controlando mis alegatos feministas e intentando entablar conversaciones a destajo, a ver si cae la breva y a alguna se le reactivan las neuronas.

No les costará pues imaginar mi asombro cuando aquel día, tras las agitaciones de mano protocolarias, se puso una a repartir folios. Y lápices de colores. De natural impaciente, me apresuré a poner mi nombre bien grandote y flanquearlo con caritas sonrientes, divulgando así mis intenciones de alegre y pacífica charla; pero por la reprimenda ocular de la repartidora y un nuevo folio impoluto pude deducir que por ahí no iban los tiros.

Cuando terminó el reparto y la *Übermutter* jefa pegó en la pizarra la foto de un caballo, empecé a temerme lo peor. Y no me equivoqué, señores, porque sobre la foto colocó papel cebolla y se puso a calcar el corcel, animándonos a imitar sus trazos.

Obediente que es una, y pensando que esto tendría alguna explicación lógica y racional, esbocé un rocín —que más parecía un asno— y levanté la mano. Tras unos minutos de halagos generales y conversaciones cruzadas del tipo ¡qué bien le salen las colas! o ¡su musculatura está muy conseguida!, alguien se dignó a hacerme caso.

Les juro que cuando pregunté que para qué hacíamos eso, todavía tenía fe en la condición humana y rechazaba de plano toda teoría conspiranoica sobre la lobotomización femenina en Alemania. Se lo juro por *Gott*. Yo sólo quería saber si se me había pasado algún evento, una colaboración, una fiesta, el día del Equino, yo qué sé, pero algo que me explicase por qué cojones estábamos dibujando caballos en una reunión de padres.

Mas cuando se hizo el silencio general y reconocí censura en sus miradas, supe que algo iba mal.

—Pues para nosotras mismas, para saber hacerlo. ¿Para qué va a ser?

Desde entonces espero a Juan y Medio; porque va a venir, ¿verdad? ¡¿Verdad?!

CAPÍTULO 81
Saudade

Cuenta la leyenda que, una vez superada la barrera de los dos hijos, uno más o menos no supone un añadido relevante al desquicie materno. Algo así como que donde comen dos comen tres y, ya puestos, cuatro o cinco.

Por si acaso se encuentran ustedes en la peligrosísima euforia posparto y se estaban ilusionando con su posible verosimilitud, les voy a proponer un sencillo experimento. Salgan a pasear, háganme el favor, dense ustedes una vueltecita y, cuando tengan que cruzar una calle, piensen: ¿Cuántos niños tengo? ¿Y cuántas manos? Pues eso.

Donde comen dos, no comen tres ni de *koñen*.

No me entiendan mal, ojo, que yo a mi trío martirizador lo quiero, lo adoro y, aunque no les pienso comprar un loro, me encanta estar con ellos (sobre todo cuando duermen).

Pero la gente, así en general, que debe de ser de natural jocosa y poco consciente del peligro al que se expone con sus imprudentes comentarios, suele preguntarme constantemente por la llegada del cuarto hijo. En realidad, por *la cuarta*; esa niña que no he tenido y cuya ausencia parece preocupar muchísimo a todo el mundo.

Debe de ser, supongo, que la falta de variedad genérica atrae la mala suerte y provoca desencuentros de pareja. Digo yo que se referirán a esas recurrentes batallas entre los hijos por ver quién vacía la lavadora o ayuda a su madre con la cena, ¿no? Porque si no no me lo explico.

En cualquier caso, por alguna razón que no comprendo del todo, el gentío roza el cojonerismo profesional con este temita, y no hay semana en la que no me taladren con la cuestión. Que es que sólo les falta mandarme una solicitud, vaya.

Mis únicas aliadas en esta lucha por la dignidad del plantón procreativo a la de tres son las otras madres.

Las que tienen recién nacidos esgrimen como argumento definitivo los daños colaterales de todo embarazo, ya sean las molestias típicas por duplique de peso o la engorrosa metamorfosis en incubadora a ojo ajeno sin excepción. Las más veteranas, a pesar de sufrir a diario desplantes púberes de diversa índole, arrugan la nariz y blanquean los ojos en cuanto oyen hablar de pañales, lactancias, noches a trompicones o papillas de frutas. Volver a taponar los enchufes y desempolvar la trona no es opción.

Y las de mi quinta, esas que ya no usamos cochecito pero seguimos llevando algún pañal en el coche, que alternamos con soltura risas flojas y miradas homicidas, solemos llevar a los argumentos del plantón reproductivo colgados de la pierna, el bolso o cualquier parte saliente de nuestra castigada anatomía. Y estamos más que dispuestas a utilizarlos para persuadir a impertinentes preguntones.

Ya lo saben, déjennos en paz.

Porque es que, verán, aunque el experimento que les he propuesto les dará a ustedes la respuesta recomendada, existen momentos en los que incluso las madres de familia numerosa nos pillamos mirando con pena unos bodis costrosos para retirar, o nos sentimos despechadas cuando el pequeño rechaza nuestra mano al bajar las escaleras. Ya saben, esos instantes en los que tomamos conciencia de encontrarnos en ese punto crucial, esa coyuntura definitiva en la que tenemos que plantearnos tener otro ya mismo o parar para siempre.

Por suerte, esas enajenaciones suelen ser transitorias y durar poco. Exactamente lo que tarda alguno de los que ya tenemos en arañar a su hermano, vomitar el puré o colorear el sofá. Además, que siempre habrá bebés ajenos a los que olisquear para paliar la saudade, ¿verdad? Aunque luego tengamos que devolvérselos a su madre.

CAPÍTULO 82

Paris, mon amour

Cuando alguien me pregunta por las tendencias culturales de mis polluelos, contesto sin pestañear.

Son alemanes, y además de pura cepa.

Si, por el contrario, le preguntan a mi madre, les dirá que de teutón sólo tienen al padre, porque lo que es el jamón se lo comen a *puñaos*, y del cocido lamen los platos con entusiasmo desmesurado.

Suponen ustedes bien si piensan que una de las dos se equivoca. Y, por esta vez, siento decirles que es mi madre.

Quizás es que, en su ciego amor de abuela, no ha caído en que la pasión bellotera y el rebañe extremo de platillo son hábitos específicos del teutón común; o acaso es que, al no compartir rutinas con sus nietos, no ha podido echarle un vistazo al estuche del Mayor —con sus lápices siempre afilados y ordenados a escala de colores—; o será que no ha tenido la oportunidad de presenciar al del Rizo negarse en rotundo y con gritos a violar propiedad textil alguna de sus hermanos, por mucho que ahora sea él el único que cabe en ella.

En cualquier caso, lo admita o no mi progenitora, mis niños son teutones hasta la médula.

Y a mí no me molesta, conste. Saber que tus hijos, por transferencia consanguínea automática, respetarán los límites de velocidad, se medicarán poco o harán senderismo con frecuencia es un alivio para cualquier madre atareada y pelín atolondrada, ¿no creen?

El problema es que, a la espera de su crecimiento y conversión en hombres de bien, este eclecticismo educativo que padecen mis infantes puede provocar confusión y suspicacia. Y, en ocasiones, una bronca de sus padres.

Porque es que verán, hay cosas que no sólo cambian de un país a otro, sino también —y sobre todo— de una generación a otra. Que yo entiendo que, si en España existen todavía muchos tabúes al respecto, en la época de mi madre el temita fuese prohibitivo. Y mucho más con seis añitos.

Sin embargo, aquí en las Teutonias es lo normal. Y aunque a mí me azora un poco haber sido tan objetivos, también reconozco que es lo más normal del mundo y que más vale una vez colorado que ciento amarillo.

Con esto quiero decir que el niño ya conocía la respuesta correcta cuando le preguntó a su abuela; pero también pensaba, criaturita, que sobre este asunto no se miente. Así que, cuando mi madre le obsequió con una versión edulcorada y mucho más molona, no le puso pegas y la admitió como información suplementaria en su universo mental de germana literalidad retórica.

Que me tocó arreglar a mí, claro, a expensas de la credibilidad de mi madre. Sé que ésta me lo reprochará toda la vida, pero era eso o la futura dignidad de mis —espero que— ibéricas nueras.

Y es que el día que el Maromen se fue a París, noté cierto regocijo en el Mayor. Nerviosismo, excitación y entusiasmo desmedidos. Será que le echa de menos, pensé, o que se alegra de que haya más sitio en mi cama. No le di mayor importancia, hasta que vino preguntando cuándo volvía su padre con el nuevo hermanito.

—¿Nuevo hermanito?

—¡Sí! ¡O hermanita!

—Cariño, no vais a tener más hermanitos.

—¡Cómo que no! ¿Y a qué ha ido papá a París?

—Pues a trabajar.

—¡Y a por un hermanito! Me ha dicho la abuela que los niños vienen de París.

—Eeeeh... Ya, cariño; pero no, no vienen de París. Vienen de lo que te hemos dicho que hacen los mayores para tener niños.

—Ah.

—¿Lo has entendido?

—Sí, que papá va a hacer eso que hacen los mayores con una señora en París y nos va a traer un hermanito de allí.

Supongo que ahora entenderán por qué mandé a la mierda la credibilidad de la abuela, ¿no?

Vente *pa* Alemania

Intuyo que, a lo largo de estas páginas, he fusilado sus esquemas en cuanto a cómo funciona este eficaz motor que arrastra Europa a duras penas; y también que sus retoños les parecerán ahora unos santos virtuosos, aunque les estén grafiteando las paredes mientras lee esto, ¿no?

No me extraña.

No obstante, les ruego no se olviden de que, ante todo, esto es una vida como la suya, personal e intransferible; y de que, como habrán notado ya, yo soy de natural sensiblera y muy susceptible, por lo que puede ser, quizás, igual, tal vez me hayan cegado la indignación en ocasiones y, una vez al mes, sin falta, mis revoloteantes hormonas.

Pero háganme caso en una cosa; y es que, verán, el marcianismo que, gracias a mí, están tentados de atribuirles a los teutones, es directamente proporcional al suyo propio. ¿O se creen ustedes que a ellos les parece normal que empujemos con pan o que nos automediquemos con frenesí?

Yo misma, sin ir más lejos, les confesaré que he acabado adoptando con regocijo mucho de lo que he expuesto aquí con sarcasmo e ironía. Incluso cosas que juré no hacer nunca. La excepcionalidad de los baños infantiles y la depilación no; no te asustes, mamá.

También admitiré, aquí y ahora que no me escucha nadie, que en Alemania hay un porrón de cosas molonas y que a mí estos lares me hacen muy feliz. Sobre todo desde que el Maromen me echa un chorrito de coñac en los cafés.

Al resto de ustedes sólo puedo invitarles a que pasen, lo vean y no se tomen las cosas como algo personal, que excéntricos hemos sido todos, por lo menos para alguien en algún momento y en algún lugar. Si no me creen, pregúntele a una madre alemana cualquiera en España.

Y si acaso ustedes son de los que deciden venirse *pa* Alemania, no olviden dejarse los prejuicios en las Hispanias y meter en la maleta mucho humor y más paciencia. Y un sobre de jamón para mí, anda.

Lexikon

Ach so! [Aj so] Lo primero que habría que aprender en esta lengua de Goethe. Cuando algún teutón se le ponga a divagar, asienta entusiasmado e introdúzcalo cuando aviste un punto y aparte. Igual le dan trabajo y todo.

Ausländer/in [Auslendeg/Auslendegin] Literal: extranjero/a. Implicado: encarnación demoníaca si viene de más abajo o de la derecha. Portadores del gen criminal, ladrón y chupalbote, exportadores de pepinos venenosos, robahombresalemanes y corruptores de la raza.

Bei mir [bai mir] Cuando vea a un niño alemán hablando con un *bretzel* sabrá que su *(Über)mutter* lo quiere tener un poco más en casa con ella —*bei mir*, le dirá— y apartarlo de esa jungla cruel que son las guarderías. No se confunda, no tiene nada que ver con respetar los ritmos de la *criaturen*, sino más bien con tener con qué justificar el no hacer ni las camas por la mañana durante unos meses más.

Bioladen [Biolaaden] Tienda de productos ecológicos, santuario de la pijería más rancia. Si van a una, recuerden que están llenos de *Biotanten* y tengan cuidado, se lo ruegō.

Elternbeirat [Elternbairat] En teoría, *lobby* de padres y madres frente a la guardería o colegio. En la práctica, asociación de *Übermutter* para hacerse las importantes —en plan las Merkels del mierdapueblo— intercambiando recetas de tarta de manzana y trucos para dibujar caballos y estigmatizando a las *Rabenmutter*.

Elternzeit [Elternsait] Excedencia de tres años —el primero pagado— con objeto de que pueda ocuparse usted del churumbel sin problemas. Éstos llegan cuando se te acaba el dinero o la excedencia y resulta que no hay guardería a la vista. O que cierra a las 12.00.

Entschuldigung [Entchuldigung] Perdón, disculpe y otras formas de dispensarse y reconocer un error. Si no consiguen memorizarlo no se preocupen: no se usa mucho.

Freizügigkeitsbescheinigung [supercalifragilisticoexpialidoso] Folio cutre declarándole a usted ciudadano con permiso de libre circulación y libre residencia en Alemania, por si acaso con el pasaporte de la Unión Europea no le vale. La sutil manera germana de presentarle su siniestra burocracia e intentar así desmoralizarle en su echamiento de raíces.

Gemeinde [Guemainde] Depende de dónde vivan, puede significar desde «ayuntamiento» hasta «parroquia». Y según dónde se encuentre, puede tener más peso y poder que la propia Merkel, prohibiéndole remodelar su casa de usted o cojoneando con los horarios de la guardería.

Harz IV [jarts fiar] Paro vitalicio. Es lo que se financia con nuestro riñón de impuestos (entre otras cosas, vale, no me pongo visceral). En teoría, para que todo el mundo tenga *ande* caerse muerto. En la práctica, para que todos aquellos que están tan a gustito en pantalón de chándal y bebiendo cerveza no tengan que hacer el esfuerzo de levantar su *culen* del sofá y buscarse un trabajo.

Hausfrau [jausfrau] Para lo que educan a las mujeres en este país. Si por casualidad se le ocurriese ser independiente y, al mismo tiempo, tener hijos, el truco del almendruco

—es decir, el *Elternzeit*— se encargará de encauzarla a usted. O por lo menos lo intentará con toda la fuerza de la que el sistema dispone.

KKK [caca de la vaca] Aquí en el sur —la parte rica del pleno empleo, recuerden—, aspiraciones de toda mujer de bien: *Kinder* (niños), *Küche* (cocina), *Kirche* (Iglesia). El motor de Europa, ojo.

Kartoffeln [como se lee] Lo que el aceite de oliva a la dieta mediterránea, es la patata a la teutona.

Kind [tal cual] Literal: niño, rorro, infante, tirano. Implicado: suicidio laboral, social y neuronal.

Kinderbetreuung [Kinderbetoiung] Lo que en España se conoce como guardería o *nanny*. Que te den plaza antes de que tu hijo cumpla sus tres primaveras es menos probable que ganar el gordo. Que además sea **Ganztagsbetreuung** [Ganstagbetroiung], es decir, hasta por la tarde y con comida, en según qué sitios sería como si te tocase todos los meses.

Rabenmutter [Rabenmutttter] Literal: madre cuervo. Figurado: malamadre. Dícese de toda mujer que no cumpla alguno de los requisitos de la *Übermutter*-tipo.

Übermutter [Uebermutter] Literal: supermadre. El origen de este concepto podría rastrearse ahí por los años treinta, cuando se recuperaron las ideas de un tal Nietzsche, que hablaba del *Übermensch* (superhombre). Dícese de una mujer como *Gott* manda: se casa adoptando el apellido del *Herr*, *natürlich*, que antes de él NS/NC, tiene hijos y les sirve a éstos y a su marido. Con devoción y alevosía. Las *Übermutter* no nacen, se hacen: una vez cazado el *maromen*, destituyen a sus neuronas, engordan veinte kilos, dejan de depilarse, se cortan el pelo como Paul Stanley, llenan el jardín de enanitos y las ventanas de cortinas a medias, y se dedican a pintar caballos y a criticar a cualquiera que lea algo más que las ofertas del Lidl.

Agradecimientos

A todos los que me habéis leído, comentado, compartido, escrito o recomendado durante estos dos últimos años. Habéis convertido un blog sin pretensiones en un libro y eso es muy grande. Os estaré siempre *requetedankbar* por ello.

A mi agente, Gema Lendoiro, que se fijó en mí y me arrastró a esta locura. Porque se ha convertido en una buena amiga.

A mi editora, Ana Bustelo, porque montar este libro ha sido un paseo por las nubes gracias a ella.

A mi madre, Fátima, que imprimió el blog para que lo leyeran mis abuelas y se convirtió en una visionaria. A mi padre, Germán, por pagarme la carrera y darme el *koñacen* para que la amortizase, aunque fuese escribiendo un libro.

A mi hermana Paloma, que fue la culpable de que me abriese un blog, y porque siempre está aquí aunque esté lejos. Por no dejar de perseguir sus sueños.

A mi marido, David, por hacerme tan feliz. Y estos últimos meses, además, la cena, la comida, la colada, la compra y unos carajillos de aúpa. A mis polluelos, Pablo, Juan y Lucas, por enseñarme lo que es el amor incondicional y quitarme los complejos.

A mis suegros, Georg y Brigitte, por tratarme como a una

hija y dejarse españolizar un poco. Porque me hacen sentir muy querida.

A Alba, Eva y Mónica, por ser, sin duda, lo mejor que me ha traído el 2.0. *Ojquiero*, maris.

A mis *marujen*, que han visto nacer, crecer y explotar este blog, por compartir país de acogida (casi todas) y lamentos expatriados. Ainara, Marta QJ, Julia, María M., Rosi, Elena, María L., Irene, Natalia, Pili, Paloma, Marta P., Verónica, Ana, Adita, Lucía, Eva, Marta N., Rosa, Mónica, María C. y Carla, gracias a todas.

A Alexandra, Nicole y Sanja, por ser unas camaradas de *Rabenmutterismo* ejemplares y apuntarse a clases de español para enterarse de qué va todo esto.

A Teresa, mi vecina del alma, por esos pitis en el soportal y porque un día me dijo, muy en serio, que Marketing no me pegaba nada. Porque justo en ese momento decidí que dejaba esa carrera.

A Claudia, a quien un día le dije que tenía un blog y una semana después me escribió para decirme que le encantaba y estaba enganchada. Porque cosas así son las que me animaban a seguirlo.

Al resto de mis compañeras de uniforme y penurias, Julia, Bea A., Carla, Chuli, Marta, Bea P., Nuria, Paloma y Silvia, que han hecho que la palabra «reencuentro» tenga sentido y me han aguantado muchos *whatsapps* perturbados.

A Isa y Alberto, por compartir mañanas enteras en la cafetería y miles de tardes en la biblioteca. Porque me ayudaron a pasar mi época intensa.

A Curri, porque fue mi primera crítica y por convertir en grande aquel año que pasamos en Berlín.

Y a mi tío Gonzalo, que le quiero mucho y si no le da algo.

Este libro se imprimió en
Huertas Industrias Gráficas, S. A.
Fuenlabrada (Madrid)